开学第一课

依据国家教育部和中央电视台
联合主办的《开学第一课》活动
·············· "我爱你，中国！"主题拓展原创版 ··············

时光煮成一壶茶

中央电视台《开学第一课》编写组 编

时代文艺出版社

图书在版编目（CIP）数据

时光煮成一壶茶／中央电视台《开学第一课》编写组编.—2版.
—长春：时代文艺出版社，2016.1（2023.7重印）
（开学第一课）
ISBN 978-7-5387-4948-9

I.①时… II.①中… III.①中国文学—当代文学—作品综合集 IV.①I217.1

中国版本图书馆CIP数据核字（2015）第257199号

出 品 人　陈　琛
责任编辑　曾艳纯
装帧设计　孙　利
排版制作　隋淑凤

时光煮成一壶茶

中央电视台《开学第一课》编写组 编

出版发行／时代文艺出版社
地址／长春市福祉大路5788号　龙腾国际大厦A座15层　邮编／130118
总编办／0431-81629751　发行部／0431-81629755
官方微博／weibo.com／tlapress　天猫旗舰店／sdwycbsgf.tmall.com
印刷／北京市一鑫印务有限公司
开本／710mm×1000mm　1／16　字数／120千字　印张／12
版次／2016年1月第2版　印次／2023年7月第3次印刷 定价／36.00元

图书如有印装错误　请寄回印厂调换

敬启
　　书中某些作品因地址不详，未能与作者及时取得联系，在此深表歉意。敬请作者见到本书后，通过以下方式与我们联系，我们将按国家规定支付稿酬并赠送样书。
　　E-mail：azxz2011@yahoo.com.cn

《开学第一课》编委会

编委会主任：韩 青 许文广

主 编：许文广

副主编：卢小波

编 委：张雪梅 骆幼伟 张 燕 吴继红

　　　　若 安 段语涵 齐芮加 乔 枫

　　　　贾 翔 仝瑞芳 娅 鑫 徐 雄

　　　　李 君 古 靖 邓淑杰 李天卿

　　　　曾艳纯 郜玉乐 孟 婧

《开学第一课》的价值

有人问我，《开学第一课》的价值体现在什么地方？我认为最重要的就是全社会希望并通过我们传递出来的价值观。多元是时代进步的标志，我们尊重不同的声音和价值理念，但是作为教育部和中央电视台联手举办的一项公益活动，我们要传递的是主流的、与时俱进又符合中华文明传统的价值观。

在2008年，我们通过《开学第一课》传递了抗震精神和奥运精神；2009年正值新中国60周年华诞，我们在象征着民族精神的长城，为孩子们播撒下爱的种子；2010年，我们告诉孩子们，一个拥有梦想的民族，一个不断仰望星空的民族，就是拥有未来的民族，人生的每一个阶段都需要梦想的指引、坚持和探索，而每个人的梦想汇集起来就可能成为国家的梦想、民族的梦想。

举办《开学第一课》三年来，我个人也有一个梦想，我梦想这项目光远大、朝气蓬勃的公益活动能够坚持举办十年，让它给这一代孩子的成长提供正面的、积极向上的力量，这就是《开学第一课》的意义所在。

我希望全社会的力量汇集起来，给孩子们一种价值观的教育，中央电视台愿意承担使命，连同教育部把这项公益活动做好。我们也欢迎全社会各界积极参与、支持，从出版、纸媒、网络、志愿行动、慈善事业等各个方面，加入到这个追逐共同梦想、打造恒久价值的公益活动中来。

由此，我亦十分高兴地看到《开学第一课》系列丛书的出版，我相信时代文艺出版社正是基于我们共同的理想，以出版的力量为孩子们的未来创造了更丰富的阅读食粮，为《开学第一课》的精神理念提供了更多样的传递方式。

中央电视台 许文广

目　录

第一部分　爱在不言中

第二部分　真我风采

第三部分　我手写我心

第五部分　缤纷校园

第四部分　成长的滋味

第六部分　"老班"请我喝咖啡

第七部分　行走着，思考着

第八部分　他们改变了我

第九部分　动物情结

003

目
录

第一部分

爱在不言中

是的，她是一个母亲，是我的母亲，是疼爱我的母亲。就像冰心奶奶说的，她的爱是不附带任何条件的，唯一的理由，就是我是她的女儿。她对我的爱，是摒除了一切，真真切切的；她对我的爱，不因着任何理由而改变！

我只愿对这个为我可以放弃一切的人说一句："妈妈，女儿爱你到天荒地老！"

——刘宇涵《爱我的她》

外婆的三轮车

蔡宙宵

小时候，我总是喜欢坐在外婆的三轮车上，给外婆唱歌。虽然老是跑调，但是外婆仍然乐呵呵地听着，脚也蹬得特别起劲。

长大后，我渐渐不喜欢坐外婆的三轮车了，原因很简单：被同学看见丢面子。要知道那辆三轮车是我六岁时买的，到现在油漆已经掉了大半，蹬起来还"嘎吱嘎吱"响。但外婆总舍不得换，仍是每天骑着它风里来雨里去。

这天，外婆又骑着那辆"老爷车"来我家。几周不见，外婆的额头上似乎又多了几条皱纹。外婆微笑着抚摸着我的头说："几天不见，又长高了呀！走，外婆带你买好吃的。"我刚想拒绝，但是迎着外婆期待的目光，我又不忍心辜负了她的好意，便勉强同意了。我心里暗自好笑："您还当我是三岁小孩呀，净拿买好吃的这话来哄我。"不过这句话没说出口，怕伤了外婆的心。

这时，外婆似乎想起了什么，转过身，便要去推她的三轮车。我有些急了："外婆，咱们走路吧！"

外婆以为我是怕累着她，微笑着说："没事，我骑得动！"说着又要推车。

我跑过去，一把抓住外婆的手："外婆，你看，我都多大了，你载不动我了！"

"傻孩子，你不想想，外婆老了，也不至于那么没用吧！"外婆刮了一下我的鼻梁，把车推下了台阶。

为了不让外婆难过，我同意了。

不过，我只是挨着三轮车的边缘坐下，并没有像小时候那样端端正正地坐进三轮车里面。外婆弯着腰使劲地蹬着三轮车，"嘎吱嘎吱"的声音很是刺耳。

"肖肖，你还记得吗？小时候你可喜欢唱歌给外婆听喽。"

"当然！"我一边心不在焉地应着，一边飞快地在大街上扫视着，以便看见同学时可以迅速跳下车。不然，我的脸就丢光啦！

"唉，像我这把老骨头，不知道还能再这样载着你逛几次。"

是啊，就是这辆三轮车，风里来雨里去，载着我走过了近十个春秋。

记得读小学时，每天放学，还没出校门，就远远地看见外婆站在三轮车旁，一边唤着我的乳名，一边微笑着向我招手。这时，我就三步并作两步奔过去。外婆连忙迎过来，把我抱到三轮车上，我就端端正正地坐着，给外婆唱新学的歌谣……

想到这儿，我不禁鼻子一酸。我轻轻地对外婆说："外婆，我给你唱首歌！"

外婆听了，先是一愣，紧接着点了点头："好！好！"

接着，我像小时候那样坐进三轮车，给外婆唱起了歌："晚风轻拂澎湖湾……还有外婆拄着杖，将我手轻轻挽……"

突然，外婆回过头问我："肖肖，你知道外婆为什么不换辆新车吗？"我茫然地摇了摇头。

003

"因为当我看见这辆车，就想起你小时候乖巧的样子。"外婆淡淡地说着，像是沉浸在回忆中。

我愣住了，一种莫名的感动瞬间涌上了我的心头。

"外婆，等我长大了，我买一辆漂亮的小轿车，带着你满世界去旅游，好吗？"

"好！好！"外婆连声应着，声音竟有些哽咽。

我这才发现，我读懂了外婆，那辆破旧的三轮车承载的是外婆对我的沉甸甸的爱啊！

（指导教师：李晓玲）

"割草"记

杜瑞杰

　　总是疯跑了半日，在汗水冲洗过脸颊、濡湿了发梢、狼狈不堪地回到家里的时候，爷爷就会夸张地摸摸我乱蓬蓬的脑瓜，兴奋地说："该割草喽！"便拾掇出他的家什来：一只高脚的板凳，一块塑料围布，一把锃亮的推子。

　　院子里，枣树阴下，盛开的满树枣花散发出淡淡的馨香。我听话地坐在板凳上，伸长了脖子，钻进围布上圆圆的洞里，一露头，总要冲爷爷扮个鬼脸儿。爷爷就笑，拉起围布上的塑料绳子，作势狠狠一勒，系紧我的脖子。我"哇"地叫出来——其实一点也不疼！

　　爷爷老了，手艺可不老。爷爷的"割草"技艺是从我爸头上练出来的，用到我这里时，已是出神入化。两只灰麻雀在枝头唧唧喳喳地叫，初夏的阳光不安分地穿透层层叠叠的枣叶，一闪一闪地逼我的眼睛。我没工夫跟它们闹，闭了眼，耳听得推子"叮叮叮"地响，一只"铁梳子"在头皮上嗖嗖地游走，从脖颈到脑门儿，一股一股凉丝丝的。一丛一丛"杂草"落在围布上，滑落地下。那种感觉，永远如诗如梦……

　　爷爷的推子老了。尽管事先上了煤油，尽管爷爷百般小心，千般在意，时不时的，那细密的铁齿还是会"咬"住头发。每到这时，我便一缩脖子，吱呀哇啦大叫起来。爷爷不急不慌，问："咬住啦？"我委屈地答："咬住了。"爷爷就俯下身来，冲着我的头上吹一口长气，又吹一口长气，问："还疼吗？"我说："不疼啦！"爷爷便满意地笑了。但是我从来没有告诉他，吹着的时候不疼了，不吹了还疼。

　　十岁那年，爷爷病倒了，腿离不了拐杖，手提不了推子。我只好去村里的理发店理发了。理发店的姐姐人漂亮，手艺也不错，用的是电推子，从来不咬人；更重要的是，伙伴们都说她理的发型新潮，比我爷爷理的"铲铲头"（就是后脑勺推光，脑门上留出一丛形似"铲铲"的发型）帅气多了……可是，可是，再没有了爷爷给我理发的那份温馨、那份诗意。

一次次地，梦里，又听到爷爷说："割草喽！"又听得"叮叮叮"的推子响，醒来，却是爷爷梦里的呻吟……于是，心里千万次地默默呼唤：爷爷啊，你快好起来吧，我的"草"又长长了，等你来割呢……

爷 爷

刘洋谷

爷爷很温和，每次我回老家，爷爷总是很高兴，忙这忙那的，还经常把我叫到他的房间，从柜子里或枕头底下拿出一袋蛋糕，悄悄地对我说："这是我偷偷藏起来的，怕你四个哥哥吃了。"

我最喜欢吃蛋糕了，不禁吞了吞口水，象征性地问一句："你不吃吗？"

每到这时，爷爷脸上总是洋溢着幸福，仿佛我的那一句不经意的询问是世界上最美妙的话语。"我老了，咬不动了。你吃，你慢慢吃啊！"

这个时候我就配合似的笑一笑，然后心安理得地享用美食。虽然我也知道这句话有明显的漏洞——蛋糕那么软，牙齿再怎么不好也应该咬得动吧。

爷爷最宠我了，因为我是他的孙子辈里面唯一的女孩。

吃饭了，爷爷喜欢拿个杯子，倒上一杯酒，坐在餐桌旁，看我们吃饭。爸爸总会问一句："爸，你怎么不吃饭呢？""你们吃，我不吃。"说完，皱纹都笑到一堆儿去了，眼睛眯成了一条线。

吃完饭，我和爸爸"照例"很快就要返程。爷爷总会带着期望的眼神问一句："要那么急吗？不能多留一会儿吗？"明知道结果是什么，却还要问一问。我和爸爸同时摇了摇头，爷爷的眼神立刻变得黯然了，但一小会儿之后，他就又会打起精神，送我们出门。很快，车子来了。我在车上回头望，看着爷爷那干瘦的身影伫立路边，越变越小，心里被一种莫名的痛牵扯着。

回到学校后，立即又投入到紧张的学习当中，心里的痛就慢慢被淡忘了。有多久没去看爷爷了？我自己都不知道。只记得有一天早晨风很大，天很冷，我的心也莫名地跟着冷……班主任突然来找我，告诉我——你爷爷去世了！这个消息仿佛晴天霹雳，让人猝不及防……那一刻，我没有哭，而是完全僵住了。爷爷去世了，这几个没有任何温度的字眼，让我又一次感受到心痛。风停了，心却更冷了。

　　终于赶回了老家。爷爷的遗体就摆在主厅，我再一次看到了那张熟悉的布满皱纹的脸，我跪了下去，眼泪落了下来。我用手轻轻地、轻轻地摸了一下爷爷的手，冰凉！再也找不到那熟悉的温暖了。

　　思维一片混乱、空白……第一次面对去世的亲人，我手足无措。

　　现在回想，爷爷为我做了那么多，我又为他做了些什么？很遗憾，我竟想不起一件。从小到大，我从未表达过对爷爷的感情。弥补？已经没有机会。现在，我只能好好珍惜和奶奶相处的时间，来补过……

　　心又开始莫名地痛。

（指导教师：刘正全）

响彻寒冬的三声车笛

李卓玥

那年冬天出奇的冷，纷纷扬扬的雪一下就是三四天。就在这个冬天，我们家搬到了离学校很远的地方。那时我年纪还小，无法自己回家，父母工作又忙，没时间接我，外公便自告奋勇，每天下午接我回家。

于是在每个傍晚放学的时候，当我背着那沉重的书包跑出校门，总会听见三声车笛从不远处传来，循声一望，就能在黑压压的人群中寻找到外公那骑着摩托车的身影。然后我便欢喜地跑上前去，书包递给笑眯眯的他，然后甜甜地唤一句"外公"，他一听，那被冻得通红的脸就花似的绽开了。我在同学们羡慕的眼神中，爬上摩托车后座，在纷扬的大雪中不紧不慢地穿过一条条或长或短、或宽或窄的路，回家……

现在回想起外公那召唤我的三声车笛，两声长一声短，不尖利，很温柔，这是亲人的呼唤，在隆冬的黄昏中为我带来许多温暖。但那时我没有意识到它对我有多重要，直到有一天我没有如期听到它……

那一天刚打过放学铃，我就草草收拾书包，急急忙忙地一路奔下楼去，手中紧握着学校作文竞赛的获奖证书，寻找着外公与他的摩托车。我竖起耳朵凝神谛听，却始终捕捉不到那三声熟悉的车笛。

夜色降临，厚厚的积雪反射着路灯昏黄沉重的光，默不作声。那雪刚停，风乍起，我的双颊在劲厉的风里被冻得通红，握着证书的手已经僵硬。积雪没到小腿，我已经冷得有些麻木，一个人背着书包，靠着那一盏路灯孤独地等候，那盏路灯将我黑色的影子钉在冰冷的雪地上。人群从校园中接连不断地涌出，由少增多，又渐渐少了下去，最后只听见大门上锁的一声闷响。听不见车笛，找不见外公，那寒冷的夜也渐渐降临到我的心里面。

突然听到几声车笛，我从抑郁与不安中猛地抬起头，小心地默数着：一声，两声……却忽然没了动静，随即呼啸而过的果然是个陌生的影子。泪水盈满眼眶，路灯忽明忽暗，我的心也在这寂静的夜里随着一声声车笛忽明忽暗地闪烁。

突然，一声，两声，三声。两声长，一声短！

在这行人稀少的雪后之夜，摩托车的三声鸣笛划过灰暗的夜空传入耳畔。我满怀希望地抬起头，终于看见外公那慈爱又带着无限歉意的微笑。顾不得拭去脸上残留的泪，我在夜色中奔向外公，努力爬上了摩托车的后座，紧紧搂住外公，似乎永远都不要放手。后来才知道，那天外公因事外出，是在下火车后匆匆赶来接我的。那三声车笛，让我被风雪冻得冰凉的心又漾起了温暖。

从那以后每天下午放学出来，外公就早早等候在马路另一边了。每当我刚刚踏出校门，总会准时听见那两长一短的召唤。那个冬天很快过去，当冰雪消融时，外公由于身体原因无法再接我回家了，而我也逐渐试着自己上下学。只是那两长一短的三声车笛，却响彻了那之后的每一个冬夜，温暖着我每一个冬天。

（指导教师：惠军明）

爷爷为我烤红薯

黄梦蝶

"世上只有爷爷好，对他的孙女照顾真周到……"我哼着自编的小曲，慈祥的爷爷仿佛就出现在我眼前。此时此刻，我感到无比幸福和自豪。

记得临近小学升初中考试的时候，学习任务日益加重，我的身体垮了下来，成绩也一天比一天差。爷爷知道后，心急如焚，时时刻刻都在为我想办法。他听说红薯的营养价值很高，能促进脑部发育，便立即到邻近的一个村子里，挑了一百多斤红薯，天天都烤了给我吃。不管每天有多忙，他总要抽出时间为我烤红薯。这样，我每天一回家，就能吃上一个热烘烘、香喷喷的烤红薯。

有一天放学，刚进家门，我就大喊大叫："爷爷，我要吃烤红薯。"可没有人应声，只有我的声音在屋子里回荡。我感到奇怪，便直奔爷爷的房间。只见爷爷躺在床上，脸色十分难看，就像一簇枯萎的草。爷爷好像是生病了，但我没有理睬，又跑到厨房里，见没有烤红薯，十分生气，便大喊起来："我要吃烤红薯，我要吃烤红薯……"爷爷听后，吃力地从床上爬起来，蹒跚地走进厨房，准备给我烤红薯。我却站在一旁，嘟着生气的嘴巴。

爷爷到厨房，火已经熄了。他只好重新生火。他扶着墙，慢慢地挪到后院，腋下夹来一大把干草。我清楚地看到，爷爷的手不停地颤抖，火柴头就是对不准磷条。手抖动了好一会儿，才点燃火柴。红红的火光把爷爷的脸映得红通通的，但爷爷脸上的苍白、憔悴却怎么也掩盖不住。

突然，我听见一声喷嚏，接着便传来几声重重的叹息。原来是爷爷的喷嚏把点燃的火柴又扑灭了。唉，没办法，只得重生火。爷爷又伸出那双微微颤抖的手，去摸火柴……我站在一旁，实在看不下去了，赶紧跑过去，一把抱住爷爷，眼泪簌簌地流了出来。我一边哭一边对爷爷说："对不起，爷爷，都怪我不懂事，我再也不会这样了。"爷爷被我这突如其来的动作惊呆了，但等他缓过神来后，蜡黄的脸上露出了微笑。从他那深陷的一双眼睛中，我看到了爷爷慈祥的目光，看到了爷爷对我的爱。

爷爷对我的呵护，犹如那炽热的太阳，融化了我的全部身心，滋润着我的心田。

我和您，心绳牵

申嘉欣

> 仿佛寒冷的天，我顶着瑟瑟的风，焐着凉凉的心，做着"冰心"般的梦：我和您，心连心，相依在今生……
>
> ——题记

我没有放弃，因为相信您会来！

当我第一次抓住您的手，我就知道您会保护我一生一世。对吗？妈妈！

周六，我参加了一个让我终生难忘的亲子游戏活动，我想它不仅仅是个游戏。

学校来了一群志愿者，他们热心公益事业，义务组织了这场"爱心飞扬"亲子活动，我有幸被选中参加。带着妈妈，我很快融进了这个交织着欢乐的活动中。

音乐声戛然而止，广播里传来清亮的声音："请各位同学找到各自的家长，面对面站好，围成一个大圆圈，家长在外圈，孩子在内圈……"

"好，现在请看着家长的眼睛。"伴随着动情的音乐声，每个人都静静地看着父母的双眼。我看见了一种从没见过的东西，"你有多久没有这样……"是啊，我有多久没有这么近地看着妈妈的眼睛了，如此熟悉的头发、脸颊、眼睛，又如此陌生。您让我怎么看清您的眼睛？您让我怎么接受这份沉甸甸的母爱？我怕我会辜负了这永远还不清的爱。

"现在伸出手，抓住父母的手。"妈妈的手那么亲切，那么温暖，牵引着我度过了十三个春夏秋冬。我闭上眼睛，噙住幸福的泪水，我多想自豪地告诉全世界："我有一个最爱我的妈妈！"这时有人示意我们松开手，并用布带蒙住了我的双眼。我被慢慢地带离原地，眼前的黑暗如恶魔般狰狞，我不知道自己在哪儿，我不知道您在哪儿，我该怎么办？仿佛被遗弃在一个孤独的世界，没有人帮我，我只能用手到处摸索着，寻找着您。心中有种沉沦大海的感觉，我多渴望您此刻能拉住我，不要让我越沉越深。一双手伸过来，那么温暖，一定是位母亲的手，但肯定不是您的，我坚定地松开了，继续在希望和失望中不断摸索……不经意间我又抓到一双手，猛然间，一股幸福的暖流充满了我的全身，我紧紧地抓住这双手，再也不愿松开。志愿者问："是吗？"我点点头。旁边一个声音："她不是你妈妈！"我却异常坚定地说："一定是！"心中的绳早已把我牵到您的身边，血缘凝成的亲情之绳，无论我在世界哪个角落，都能把我带回到您的身边。妈妈，我摸到了您温暖的手，熟悉的头发、眼睛和脸颊，开心地笑了。"妈妈！您肯定不会丢下我的！"我扑到您的怀里，您紧紧地抱着我，拿下蒙眼的布带。我看见您慈爱的眼中开满泪花。

其实，我真的不知道我是如何从无数双手中找到您的手的，相信这一定是心绳的神话吧。也许在长大的某一天，我真的会离开您，但我一定不会感到害怕，因为我知道在心绳的另一端，有一个爱我的母亲在牵着我，永远等着我！

这夜，我又梦到了刺骨的寒风，茫茫白雪地上空无一人，我穿着单薄的衣服在行进，但一点也不害怕，有根心绳牵着我，我迈开步子坚定地向前跑去……

（指导教师：罗平）

013

最美的相遇

张梦溪

当我还是一颗小小的生命的种子时，游弋在迷离的苍穹，漂流几光年，直到遇到一个美丽的女子——你。于是，我便偷偷地藏进了你的身体，经过漫长的等待，直到我和你相遇，故事也就从这里开始了。

最初的记忆被我的头脑过滤掉了，大概你会唱着走调的歌谣哄我入睡吧，会感慨从少女到人母的变化吧，会不时地想起我那不怎么好看的脸吧，我能想象你当时幸福而有趣的样子。

后来我长大一些了，早早学会了走路、说话，直接上了幼儿园中班。每天早上我都赖着不愿上学，你总会在床前又唱又跳，逗得我心花怒放，让我欣然坐着你的自行车去幼儿园。你"载歌载舞"的样子，至今印在我的脑海里。

幼儿园时我的"荷叶头"是你最喜欢的发型吧，记得上了初中你竟然还建议我剪成小时候的样子。其实你也知道，我早就不是那个会被老师批评别的同学的样子吓到的小屁孩了。那时的我，乖得令我今日回想起来都觉得有些窝囊。一个叫郭也的男生总在午睡时拽我的头发，抠我的指甲，我竟不懂得应该反抗，后来我跟你说了，再后来就没人欺负我了。长大后，你才跟我提起，听我说完后的第二天一早，你没有告诉爸爸，一个人去幼儿园找了老师，说如果老师不能解决，你就要亲自教训那个坏男孩。我突然想起一句台词：一个人如果有了想保护的人，就会变得强大。

是的，你很强大。

近几年来，你一直在受病痛的折磨，我很焦虑，一再问你，不是一个小手术吗，为什么不停地反复，体质越来越差？你总是微笑着平静地告诉我，任何手术对身体都有一定的伤害，慢慢就会好的。现在回想起来，我一再地问，对你来说是一种多大的折磨啊！你平静的笑容背后，有多少泪水暗涌成河啊！可你竟这样不露痕迹，真的不可思议！我想，你是我遇到过的最坚强的人，因为你直到临终前和我讲最后的话时，还是一样的语气平和、面容安详，就像平时嘱咐我天冷了要多加衣服一样自然平常，可是，这样"平常"的话，我再也无法听到……

我又没出息地哭了。我想，我已经做到我的极限——你去世的第二天我就可以对哭泣的亲人微笑，但是我却无法直面自己的心，只要独处，那些悲伤就涌起来，不可阻挡。我很遗憾自己没有毛主席的才华，可以写出那样的《祭母文》，甚至在谈及你的时候，水平还不及随手写的诗歌。也许这对我是个必然，因为我向来就不善于表达情感，对于最深切的挚爱，更是不知该如何诉说，你说，我这样一个笨小孩，以后会出人头地吗？

一定会的。相信你我都会这样认为，只是你却无法等到我最辉煌的时刻。虽然你走了，许多人都觉得我可怜，可我一点也不这样认为，因为你给的早已足够了，需要我用整个生命的力量去承载和体会。

既然有了最美的相遇，又何必在乎分离？

最终的结局，还是有一天会在一起。

爱我的她

刘宇涵

两个人站在镜子前，我撅着嘴嘟囔着："你看，都怪你，头发又细又卷，风一吹，就蓬松得像蘑菇一样。你看，我随你，同学们都叫我太阳神……"她调侃地说："哎呀，你思想怎么这么老化呀！普天下的人们都去烫发赶时髦，我们不用花钱，还是原生态呢！"

她浓眉大眼，眼皮双得那是相当漂亮，总说："你妈我年轻的时候可是一枝花。你爸那穷小子有福，把我娶回家，要不是我，你能这么漂亮吗？"

她是一名人民教师，我佩服她的兢兢业业。她不服输，教学成绩总在年级里排第一。她常教导我：干什么事都要认真，尽心尽力，争取完美。我佩服她的口才，说话总能一语中的，而且滔滔不绝，我和老爸总说，她不做律师真亏了。

她喜欢吃糖葫芦，我也喜欢吃糖葫芦，她每星期都买几串。每次放假外出，我们总要打个赌。她输了，就罚她多给我买几串。我似乎受了上天的保佑，每次都赢。她却没有输的沮丧，总是笑着看我津津有味地吃酸里透着甜的糖葫芦。熬得金灿灿的冰糖在我嘴里嚼得嘎嘣响，她在旁边看得眼馋，可我让她咬一口时，她总是推开我的手说："我输你的，你吃。"

她从不在人多的时候斥责我，但只一个眼神就会让我立刻明白自己的过失。她对我的学习很上心，到处帮我打听别人的学习方法，让我借鉴。她还……

是的，她是一个母亲，是我的母亲，是疼爱我的母亲。就像冰心奶奶说的，她的爱是不附带任何条件的，唯一的理由，就是我是她的女儿。她对我的爱，是摒除了一切，真真切切的；她对我的爱，不因着任何理由而改变！

我只愿对这个为我可以放弃一切的人说一句："妈妈，女儿爱你到天荒地老！"

（指导教师：韩淑霞）

带着感激上路

张静娴

临近期末，任务倍儿重。傍晚，当放学的音乐终于响起，早已饥肠辘辘、疲惫不堪的我们立刻飞离了令人窒息的教室，拖着绵软的身子走向食堂，一想起又是那些"老三样"的饭菜，似乎起到了"果腹"的作用。

刚踏进食堂，洗洁精的气味和饭菜的香味便将我团团围住。忽然，一声熟悉的呼唤突破这些障碍，飘入我的耳鼓。

是妈妈！我吃惊地四处张望，终于在一个角落里发现了正在朝我挥手的妈妈。我快步向她走去，带些责备地说道："妈妈，跟你说了不要来，马上就要放假了。""妈妈这不是怕你太辛苦，把身体累垮了，所以带点好菜嘛！"妈妈关切地说。

"有什么菜啊？"我语气软下来。虽然心疼妈妈大老远跑来，但还是高兴得很。"有你最爱吃的虾。"我看了看手表，有些焦急地说："老师规定六点之前到教室，我怕来不及……"话还没说完，妈妈揭开盖子，一只只被褪去外衣的虾整整齐齐地静列在盒子里望着我。霎时，热腾腾的蒸气模糊了我的双眼。内心的委屈、无助，学习的压力等统统都化作尘埃，消失在这气雾缭绕中，取而代之的是无比的充实、幸福和安宁。妈妈对我的爱，那么无微不至、朴实无华，让我为之感动。我的眼前不由得浮现出这样一幅画面：妈妈坐在家中的餐桌旁，细致地剥着虾，仿佛在完成一件工艺品，她的脸上浮现出幸福、安详的微笑，只是因为想到了她的宝贝女儿……

妈妈，女儿读懂了你那份爱女之心。你的恩情我永远也报答不了，我唯有将那份感激之情深深地埋藏在心中。人生之路漫漫，但我会带着对您的那份感激上路。爱心相伴，人生路上，我不再彷徨。

一条新毛巾

王金凤

最近意绪甚烦，心田野草疯长。

你瞧，我家平时洗脸的毛巾还是三个人合用一条！鲜艳的色彩在时光的打磨中悄然褪却，柔软的手感在任意搓洗中日渐粗糙。我终于忍无可忍，厉声要求妈妈重买三条新毛巾——每人一条专属毛巾。

妈妈听到我这话时，怔怔地放下手中的活计，欲怒欲劝，可刚一张口，却只化成了一声微叹。

第二天，毛巾架上换上了一条质地优良的新毛巾。它色调和谐，图案简洁，朴素大方，淡雅温馨。毛巾通面呈浅浅的粉绿，犹如草色萌生的初春原野，下方的两颗红心紧紧偎依，与旁边的"相印"二字构成一种甜蜜温情的美好意境。我兴奋地搂住妈妈说："妈真是体贴！"妈妈只是微微笑着，眼角显露出时间轻轻刻写的痕迹。

一天晚上，我拿起新毛巾正要洗脸，突然发现了一个问题：从那天以后，架子上再也没有放过别的毛巾了，每次都只有我的毛巾在孤独地守望这片宁静的角落。

我心生疑惑，就问妈妈："妈，你和爸的新毛巾呢？"妈妈眼眸中掠过一丝不安，心不在焉地应了一句："在……在厨房呢！""哦。"我若无其事地回了一句。"可是……"爸爸刚想说些什么，却被妈妈偷偷用手肘捅了一下。我满怀期待的眼神随着爸爸迫不得已的沉默暗淡下来。

柔美的灯光静静地从那扇虚掩的门内溢出，透过狭长的细缝将温情斜拉在墙上，印成了很长的倩影。门内传来妈妈的低声抱怨："你这人真是的，咋就管不住自己的一张嘴呢？女儿的旧毛巾我们还用着，何必让她知道，这孩子自尊心强。为了她，我们省省吧！"

我鼻子一酸，往事一幕幕涌上心头：我总是对妈妈为我挑衣买鞋时没完没了的讨价还价心生抱怨，我总是对爸爸陪我去超市购物时絮絮叨叨的消极劝阻大光其火，我总是对饭桌上食物的口味与数量"大加挞伐"，甚至以吃泡面抗拒……心底一丝不满都容纳不下的我，实在很难想象，父母又是怎样容忍我，将我的放纵与任性一点点收压在心底。

我捧起毛巾，掩住面颊，努力不让泪水浸湿我的脸，可它疯狂地逃脱我的眼。莹莹泪光中，心心相印，那不正是父母对儿女，儿女对父母的一种爱的期许吗？

（指导教师：王俊杰）

019

温暖的火炉

于晶晶

窗外已是漆黑一片，飒飒的风声使人感到严冬的寒意。但室内依然温暖如春，柔和的灯光下坐着两个人——我和父亲。

写字台旁放着一杯热气腾腾的水，水果盘里放着又大又圆的红苹果、黄澄澄的梨。旁边的暖炉里不时发出"隆隆隆"的声音。

室内静极了，只有我"沙沙沙"的写字声，偶尔能听见父亲将煤倒在炉子内的"哗啦"声，有时还会听见父亲站起来的声音以及削苹果的声音。

我几次抬起头来，看见父亲那双慈祥的眼睛映满暖炉的火光。我继续做作业。不知道过了多长时间，我感觉到全身酸痛，便伸了个懒腰，却意外地发现父亲睡着了。他的一只手支在写字台的一角，另一只手紧紧地抓住那破旧的没了扣子的外套，头靠在椅背上，那样窝着，看起来很不舒服。火苗依然温柔地跳着，墙上的时钟已经指向了十点。

我不忍心叫醒父亲，父亲白天下地干活，夜里又要陪我苦读。我轻轻地离开座位，拿起一件衣服搭在父亲身上。我觉得我的动作很轻，不会惊醒父亲，结果父亲还是睁开了惺忪的睡眼。见我站在他面前，赶紧站起来说："呀！看看，就这么一会儿工夫，我怎么就睡着了呢？你快写吧！我再添一些煤。"说完，就手忙脚乱地向炉内添煤。接着传入我耳鼓的便是"哗啦"的声音。我漫不经心地说："你快睡吧，别在这乱忙活了，反正书上的题你也不会做，什么也帮不上我，还不如早些去睡呢！"父亲听了我的话，似乎很吃惊，脸上露出了尴尬的表情。过了一会儿，父亲似乎忘了我刚才的话，又温和地说："好孩子，快写吧，明天还要考试呢！我再陪你一会儿，不会打扰你的。"

我又继续做题，几次抬头，映入眼帘的都是父亲那笑盈盈的脸。不知不觉中，父亲又一次进入梦乡。这次我没有去"打搅"他，只是静静地望着他。突然，我的心猛地颤了一下，父亲的头上有了白头发，银闪闪的，零散地躲藏在浓密的黑发里。唉，父亲才四十出头！

　　望着温暖的火炉，看着父亲头上的白发，我心里有一种暖暖的东西在涌动……

等 车

王耀邦

我和哥哥伫立在小巷中，任阵阵寒风拍打着双颊，心里都焦急地念叨着："爸爸怎么还不来？"

不知什么时候，一阵"嘎吱嘎吱"的声响愈渐清晰，这是似曾相识的亲切！我赶忙循声望去，哥哥这时也轻拍我，伸着手指说："快看！"

幽幽的路灯的光，整齐地洒在小巷的路面上。自行车车轮不疾不徐地碾过，伴着阵阵如银铃般清脆悦耳的嬉笑声。自行车的"嘎吱嘎吱"声同车上人的嘻嘻哈哈和在一起，在小巷中打着回旋。车上是一位年轻的父亲，后座上载着两个少不更事的孩子。孩子们戴着的是不知道什么年代的虎头帽，虽然有些土，有些黑，但却遮不住孩子们脸上的笑靥。这辆"嘎吱嘎吱"的自行车没有在我们的视线里多停留，就载着满车的欢笑，悄然谢幕了。

说它悄然，是因为它平平淡淡。但它却深深地触动了我，似乎是上天有意的安排，让这父子三人来回放我内心深处的记忆——从他们身上，我看到了我们父子昔日的影子。

在一条人头攒动的街道上，爸爸踏着自行车，载着去上课的我和哥哥。为了让车子的后座能同时坐下我和哥哥，爸爸硬是一番鼓捣，生拉硬拽，把后座变长了，还憨憨地说这是我们的"加长车"。您还别说，我和哥哥坐上去，还真像那么回事。

爸爸每回踏着车来接我们，我和哥哥总是欢呼雀跃地跳上车，而每当爸爸加速的时候，我总有一种真切的冲刺感。

然而，路不都是平坦的。那次，我跟哥哥去参加化学竞赛，尽管赤日炎炎，爸爸依旧载着我俩在烈日下穿梭着。走着走着，我突然感到自己快要从车座上滑下去了，原来我们行到了一个大坡上。我赶紧伸手紧紧地抓住坐在前面的哥哥。然而越到后来，越觉得车子倾斜得厉害，似乎整个车子都在往后退。我伸出脑袋看了一下爸爸，发现他的背竟弯得像一张弓，正竭力地一起一伏着。不知怎的，我猛地觉得鼻酸，心像被针刺了一样隐隐作痛。我带着一丝哭腔低呼："爸，要不我下来吧！""你抓紧就行了！"爸爸固执地喝道。接下来，我的身体尽量向前倾，脚尽力地点着地，为的是助爸爸一臂之力，而爸爸显然也感觉到了我的小动作，骑得更加用力了。我一时潸然——我从未想过，自己会为刚强、坚毅的爸爸而流泪……

"嘟嘟——"小巷的转角处车灯通明，是爸爸！我和哥哥像小时候那样跑过去。爸爸摇下车窗关切地问："是不是等久了？"我俩摇摇头，打开车门，钻了进去……

岁月流逝，变的是物，不变的是爱。

(指导教师：左慧星)

023

神奇的药膏

王玉珍

一夜之间，满树的金碧辉煌就隆重地宣告了秋的来临。每年的这个季节，我的手照例要经历一次蜕皮。

可能是因为夏秋交替，手经冷经热的缘故。一开始，只是起一些白色的小泡，痒痒的。掌心出汗时，格外明显。我每天都会特别留意它们，搔搔它们，抓抓它们。然而，在我的精心"照料"下，它们开始蔓延，直到手指上绽开第一层皮。从此便一发不可收拾，直到我的两只手都蜕得只剩下一层脆弱的仿佛一触即破的保护层，不管手心还是手指，都已露出鲜红的肉色，不堪入目。

"今年好像蜕得格外厉害呢！"爸爸把我的手放在他的手掌里，一边摸着那些粗糙突兀的、张牙舞爪的绽开的皮，一边感叹着。

"不要紧吧，说不定过两天就好了。"我淡淡地说。

爸爸没有再说话，只是紧皱着眉头，轻轻拍了拍我的手。

不经意间，我发现爸爸那只大手才真的写满了沧桑，斑驳的纹路错乱地交织着，粗短的手指上爬满了硬邦邦的茧，显得格外厚实。我抬起头凝视着爸爸，他没有觉察，只是一味地看着我的手，眼里充满了深深的焦虑，像一泓深蓝色的水，荡漾着波纹。

第二天，爸爸早早地回了家，一开门，还没等见着面，就在门口喊道："闺女，我给你买了药水，快先去擦擦看看！"

"吃完饭再擦吧，一会儿还得洗手。"我看着爸爸那兴奋的、迫不及待的小孩子似的请求眼神，不禁感到有一些好笑。

"那也行！"爸爸想了想，又笑着说。

爸爸比我先吃完了晚饭，然后就把药水倒在了一个小碗里，不断地催促我快些吃完饭，快擦手。

"这药不是用棉棒蘸着擦就行了吗？不用倒在碗里吧？"我问。

"你直接把手放在碗里洗就行，那样浓度高，好得快。我听说快的三天就见效，慢的六天也就行了！我还听说有一个中药方，就是里面的药不常见，不太好找。你先用用这个药，不行再给你去配那个中药。"

我匆匆吃完饭，就赶快在爸爸的注视下用药了。

之后的日子，天天如此。有时，我作业写到很晚，爸爸就等到我写完作业再监督我擦药。我说自己能行，让他先睡。爸爸不吭声，坚持每天看我擦完。他总在一旁说："这儿，这儿多擦点。还有那儿，多擦点好得快！"

早上起床后见我的第一句话总是："我看看你的手，好点儿没？"

我就赶忙把手伸过去摊开："喏！"

"嗯，好多了！好多了！"爸爸攥着我的手高兴地说，"再擦两天就肯定好了！"

就这样，一天，两天，我的手渐渐恢复了。

爸爸说："这真是神奇的药膏！"

我知道，这是神奇的爱……

（指导教师：崔丽梅）

父亲的手

张婷

说起父亲的手，我是去年过年时才仔细看过的。大年前夕，家家户户都在忙年，杀鸡、宰鹅、打扫房子、准备蒸饽饽的劈柴……忙得热火朝天，父亲放下这活干那活，几乎没有停下过。我最怕干活，也就偶尔给父亲搭把手，还不住地抱怨："还有完没完了？让我歇会吧，爸爸！人家小荣她爸就不用她干活，我想找她玩会儿。"爸爸被我烦急了就说："去吧去吧！"我一溜烟跑出去，直到晚饭时才回来。

回到家时，看到家里已经焕然一新，窗明几净，到处贴上了大红的春联和福字，一派喜庆的气氛。我舒舒服服地斜躺到沙发上看电视，这时，父亲走进来，到洗手间边洗手边对我说："找个创可贴给我包包手。"我只随意地答应了一声，眼睛根本没有离开过电视。当时正演小品，我自得其乐地哈哈笑着，根本没在意父亲的话。

父亲拿着一包膏药来到我面前，问我："婷婷，咱家创可贴没了？"我一下还没反应过来，问："怎么了？"父亲有点生气了："给我包包手吧！"我赶紧接过那包膏药，"怎么包？""撕成一条条的，别太细，粗点。"父亲伸过他的手。

我眼睛还在看着电视，也没往他手上瞧，手里拿着膏药，眼睛盯着小品演员搞笑的动作和表情。父亲有点不耐烦了："快点！""哦。"我随意答应着，心不在焉地拿起剪刀剪膏药，眼睛始终没离开过电视。

在父亲的催促下，我随便地把膏药剪开，撕成了三四条，抓过父亲的手就贴。没想到弄痛了父亲，只听他"哎哟"一声，我吓得一回头，这才注意到父亲的手：好像在滴血！天哪！这还叫手吗？上面有无数条裂痕，手掌心、手指上一条条裂纹渗着血色，指尖裂开了很深的口子，血从裂缝间依稀可见，细看就像一道道大裂谷。掌心里有的老皮已经蜕去了，蜕去皮的地方颜色鲜红，渗着血丝；未蜕去的老皮，颜色黄黄的，有的已经翘起来了。手背上也有无数红色的小裂痕，抓在手里就像抓着一块老松树皮，粗糙得拉手。我被眼前的这双手刺痛了，心也被强烈地震撼了：这是怎样的一双手啊！干过多少活，做过多少事啊！父亲平日里吃过多少苦，受过多少累啊！我怎么从来就没注意过呢？我的心不禁隐隐作痛。

"痛不痛啊？"我低着头问，心里涌上阵阵的愧疚，我平日怎么就没想到关心父亲呢？我怎么做女儿的？还说"闺女是爹妈贴心的小棉袄"呢！

"没事，贴上膏药就不痛了。"父亲故作轻松地说。

"怎么会弄成这样？以前也是这样的吗？"

"老毛病了，一到秋天就这样，夏天就好了。"

"老毛病？"我怎么不知道呢？

好容易帮父亲包好那道血口子。没等我回过神来，父亲转身向外走去，很多事在等着他干。

"爸爸！"我喉咙里像鲠着什么，忍不住叫道。

"怎么？"父亲回头看着我。

我眼里就要涌出泪花，看我这样，父亲笑了："傻闺女，一点也不痛！嘿嘿。"

我的心却在痛，为父亲的辛劳，更为自己对父亲的漠不关心！

"我，我给你上点药，用纱布包包吧，会好得快！"我仿佛想补偿点什么。

"不用了，太麻烦，还耽误干活，费那事干吗？"父亲说完便蹭蹭蹭向外走去。

不痛，怎么可能？我惭愧起来，觉得对不起父亲。平日里我只知道跟父亲要这要那，让父亲给我干这个干那个，哪里考虑过关心父亲一下？

透过父亲的手，我了解了父亲的辛苦，懂得了长辈的心。他们用坚强的脊梁挑起家庭的重担，任劳任怨，从不把自己的苦痛轻易地表现出来。其实想想父母，真不容易啊，上要孝敬长辈，下要抚养子女，就连买衣服，也是考虑了一圈才想到自己。这就是我们中国家庭里的父母！

(指导教师：吴翠芹)

爱在不言中

杨铭汉

"传说北风是天空最小的孩子，最后一个被放出来。天空叮嘱他一定要回家。可是贪玩的北风，只顾一路向前流浪，渐渐地，他找不到回家的路……

所以每当北风起时，天空都有那样忧愁的面容，风里有低低的呜咽，我们从来不知，是否成年之后的我们，都是那不肯回头的北风？……"

上面是《北风乍起时》里的文字。《北风乍起时》讲述的是当天气变冷时，身为人父的主人公马上想到了在南国读书的儿子，而却先接到了年过七旬的老父从北风起处的故乡打来的电话。

这个故事深深地震撼了我！自然让我联想到生活中我的爸爸。我的爸爸是一家外企的总经理，他让我至少不用像小说中的苦孩子那样为了学费和饭费而发愁，但是我总觉得爸爸不像妈妈对我那样好……

每当天气变冷时，他不会像妈妈那样东翻西翻地找保暖内衣，只是淡淡地扔下一句"变天了"。

他的作息时间总是跟我们反着，所以经常是妈妈接送我上下学，妈妈常絮絮叨叨地告诫我要细心要认真要……有一次妈妈出差，爸爸送我上学，我们父子俩在车里是一路无话，直到我下车时他才貌似提醒地大喝一声："认真！"好像喊完就完成了妈妈给他的任务似的，让我感觉就像电视剧《大宅门》里面天赐的姥姥追在后面喊"好好念书"一样。

难得和爸爸一起吃顿晚饭，好容易一起吃饭，他也尽说自己的事，全是报喜不报忧："今天我又签了十几万吨的合同！"可有好几次，我在阳台上发现烟灰缸里有很多他摁灭的烟头……

最让人"愤怒"的是，有一次我在北京市科技英语大赛中得了一等奖，大家正在举杯庆祝时他突然来了一句："别骄傲啊，得个一等奖也没什么了不起的。"我就像一只鼓足勇气的青蛙仗剑出门却打了败仗回来似的：一下子就蔫了。可是第二天，放学路上我遇到爸爸的同事，她羡慕地说："今天你爸眉飞色舞地跟我们说了半天你得了北京市一等奖的事，他真为你骄傲啊！"这时我才明白，爸爸原来是很在乎我的，但是为什么不说出来呢？那一天，我凝视着正在阳台上抽烟的爸爸，夜色中，他本来很有个性的板寸依然是那么潇洒，但鬓角发白的头发却刺痛了我的眼睛，他的背因常看电脑也略显弯曲了。

　　有一天，爸爸下班回来已经很晚了，他在进门的时候仍然举着手机在接电话。姥爷趁他忙的时候默默地热了一碗汤。我看着就想：姥爷关心爸爸，而爸爸对我的关心是不是我没觉得？

　　"一代又一代，我们放飞未来；爱，是我们手中的长线，时时刻刻，我们记挂着长线那端的冷暖，但是还有多少人记得，在我们身后，也有一根爱的长线，也有一双持着长线的越来越衰老的手？……"小说的笔触引发了我的思索……

　　今天，又是很晚了，爸爸还没有回来。窗外，北风又呼啸起来了。我放下正在读的故事书，学着姥爷的样子，也给爸爸泡了一杯茶，安静地等他。我突然有种冲动，想给爸爸打个电话。当电话那头传来熟悉但略显疲惫的"喂"时，我的眼睛突然有种酸酸的潮湿的感觉……

029

（指导教师：杨智英）

第一部分　爱在不言中

醉人心香

彭凡琦

人说："花开烂漫，花香四溢，这样的美丽让人沉醉。"

我说："花香醉人，醉心的是心香。在心香里浸渍的生活，定然是美丽的生活。"

——题记

不必说徐本禹、明正彬的无私伟大，也不必说德兰修女对世界仁爱的心，单是身边平凡却可爱的人们，便让爱与奉献如鲜花般芳香了世界。

一声"谢谢"并着一个感激的笑容绽放在春天温暖的阳光里，幸福便在心中乱窜，那甜甜的声音不正散发着生命的芳香吗？

一声"对不起"带着满脸的歉意，惊慌的样子在冬日的冰雪中纯洁动人，诚挚融化了心里的冰山，那内心的真诚不也传送着生命的芳香吗？

一声"你怎么了"流露关切，顿时春暖花开，阳光也变得活泼多情，那点伤痛在问候中烟消云散，那关切的神色不也散逸着生命的芳香吗？

是的，是的，这些美丽的语言都氤氲着生命醉人的芳香！

久别重逢的友人一下子扑了上来，紧紧地抱住我，一阵狂喜，我能清楚地感受到他心的律动，愉悦的律动！那一个紧紧的拥抱缓释了多年的惦念，这便是朋友的芳香——友谊！

老师的手伸来了，抚着我的额头慢慢抬起，又拍了拍我的脑门，淡淡的忧郁隐藏在眼里，无限的爱怜流淌在脸上，于是瞌睡虫瞬时逃得无影无踪。在那轻柔的手里，我好像闻到了妈妈的味道，这便是老师的芳香——关爱！

有一个下午很忧郁，同学跑来，对我神秘一笑，慢慢塞我一张纸条，让我握好，暖暖的掌心，传递着一种信念，因为那纸条上是："一星陨落，黑暗不了星空灿烂；一花凋零，荒芜不了整个春天。"这温暖的一握便是同学的芳香——鼓励！

是的，是的，这些滋润心田的细节都流溢着生命醉人的芬芳！

在心香里浸渍的生活，定然是美丽的生活。心香——生命的芳香，用爱美丽了生活，美丽了世界。

不是每个生命都会惊天动地，但每个生命都可以有一颗芳香的心，让我们用爱去点缀世界、芳香世界！

（指导教师：陈文红）

第二部分

真我风采

　　我想，这下终于可以摘掉"黑雪公主"的帽子了，就迫不及待地对着厨房喊："奶奶，快来看呀！白雪公主回来了！"穿着围裙正在做饭、满手都是面粉的奶奶匆匆忙忙从厨房跑出来时，看到的是一个从头到脚浑身抹满白面粉、只露着两只黑眼睛的"白雪公主"。可想而知，奶奶笑得腰都直不起来了！

——李卓真《那一回"自我改造"》

傻气的我

刘丝雨

在家里，爸爸说我"傻气"，妈妈说我"实在"。因为傻气，爸爸不大喜欢我；因为实在，妈妈又特别疼爱我。

记得那一年春节将近，爸妈的好朋友送来几本挂历。有国画、有山水、有人物。晚上，我和爸妈围坐在一起欣赏着、品评着，选择最喜欢的，然后挂在屋里合适的地方。顿时，家里充满了节日的气氛。

挂好之后，还剩下两本，爸爸留下一本，准备送给他厂里的工友。我拿过一本，对爸爸说："这本挂历送给班里好吗？"爸爸一听，眉飞色舞，一反往常，高兴道："好哇，想不到我们的傻女儿变聪明了！"

第二天，爸爸下班回来就问我："傻女儿，挂历送给班里了吗？""送了。""老师说啥？""老师接过挂历就问我，这挂历是送班里的，还是送给她的。我说是送给班里的。"

爸一听，气不打一处来："唉，你这个大傻瓜！你就不能说是送给老师的吗？"

"本来就是送给班里的嘛。"我辩解道，"老师看了挂历以后，又问：'这挂历真不错，是你们家最好的吧？'我说这是我们家挑剩的一本。"

听了我的话，妈妈忍不住发出一阵清脆的笑声，亲切地把我搂在怀里，爸爸则气得二目圆睁，脸都变了色。

"你可真是个榆木疙瘩死心眼，从头到脚都冒着傻气。"爸爸生气地说，"你就不能灵活一点？你应该见机行事，说这挂历是送给老师的，是我们家最好的！"爸爸喝了一口水，接着说："像你这样的傻瓜，步入社会也得处处碰钉子。"

"放心吧，不会的。"妈妈接过话来，"现在要说实话，做实事。"妈妈瞅了瞅爸爸，说："我看，有些大人倒应该学习孩子的质朴、纯真呢！"就这样，你一言我一语，爸妈争了起来，站在一旁的我不知如何是好。

朋友们，你们觉得我是不是真的很傻呢？

（指导教师：薛飞）

第二部分　真我风采

我酷酷的短发

韩若然

说起"酷"呀，我可有过一段可笑的故事。

去年暑假，天气闷热闷热的。一向留长发的我去理发店剪了短发，又用摩丝定形。看着镜中的我，发型乱得有型，酷毙了。

走出理发店，在回家的路上，我抬头挺胸大步走着。路上的行人都向我投来惊异的目光。"孩子，孩子，请等一下！"一位阿婆从后面叫住并赶上了我。她握着我的手说："孩子，不要害怕，阿婆会帮你的。"我被搞得一头雾水，问道："我怎么了？""你是不是去医院化疗了？头发怎么会这样？我的孙女就是得这个病死的。你爸爸妈妈一定很伤心吧？孩子，你一定要乐观些啊。"原来阿婆以为我得病了。得了，赶紧闪，年纪大了就是不懂时髦。

快到家了，我准备给妈妈一个惊喜。我一下子跳进屋里："嘿！"同时摆了一个周杰伦的"双截棍"舞姿。妈妈吓得"啊"一声，我"扑哧"笑了。妈妈问我："你谁呀？""我是你女儿菲菲呀！""是吗？"妈妈用异样的目光瞪着我。天啊！我忘了妈妈最看不惯不男不女了，快闪。可为时已晚，妈妈像发射连珠炮一般，其余的什么话我没听清，但那句"明天去买个假发把头发遮起来"我可是听得真真切切。"这么热的天让我戴假发？"我抗议道。"不买也行，你这个暑假甭想出去玩！"没办法，母命难违。望着镜中的发型，我感到遮了就太可惜了，但不遮吧，老妈那关又过不去。怎么办？有了！只要在老妈的视线范围之内戴就行了，我暗自庆幸。

第二天，朋友泉约我去她家玩，我刻意穿得很男孩。到了朋友家，朋友打开门。"嘿，泉！""你怎么变成这个样子？就不怕班主任'封杀'？""管他呢？现在是暑假。""也对！"

一见到泉的小表妹莉莉，我便冲过去要抱她。不料她却拒绝了我，并说："你谁呀？"我说："我是你菲菲姐姐呀！""你胡说，菲菲姐姐是留长发的，她比你好看多了！""我真的是，不信，问你泉姐姐啊？"泉点了点头。"是吗？真的好像……""什么好像，我本来就是。"

接下来发生的事情，就更加离奇。回家的路上，有个男生跑过来，搂住我不放，原来他把我当成了他哥们儿……

唉，还是把我的长发再留起来吧！

别了，我酷酷的短发。

（指导教师：李辉）

她

周　颖

　　她是班上新转来的外地生，成绩一般，相貌平平。朴素的衣服，破旧的书包，掩饰不住的寒酸。同学们从她身边走过，好奇地瞥一眼她衣服上的补丁，隐隐流露出鄙夷的神色。

　　因为是插班生，又从没学过英语，她跟不上班级的英语学习进度。同学们抄一遍的单词，她得抄十遍、二十遍。每天总是埋头抄啊，写啊，顾不上与人交朋友。也许，没有人愿意和她做朋友。

　　她虽然坐在第一排，可总是孤零零的。

　　每天，她回到那个昏暗狭小的小店铺，推开门，一股酱醋料酒交杂的味道会扑面而来。这就是她的家。

　　为了多赚一点钱，无论是三九严寒，还是三伏酷暑，她的父亲都早出晚归奔波在送货进货的路上，而她的母亲则天天要熬夜看店到凌晨，才收摊睡觉。

　　放学时，她独自回家，故意避开同学，只为了在路上能拾些空瓶子，拿去卖废品，这是班中同龄人无法想象的事。起初，她也觉得不好意思，可是，每当她看到父亲日渐佝偻的身躯，母亲布满血丝的眼睛，她又毅然弯下腰，拾起路边的空瓶。

　　为了替家里节省一点午餐费，她骗母亲说，她不爱吃学校里的饭菜。每天中午，同学们在学校吃热腾腾的饭菜时，她连奔带跑冲回家，大口大口将饭咽下去，又匆匆赶回学校，她必须抓紧时间，晚到一会儿，老师就要开始讲题了！

　　双休日时，她总留在家帮父母看店，有时也帮父母收空瓶。她把英语单词抄写在一本自制的袖珍本子上，一边念念叨叨背着单词，一边走街串巷，挨家挨户敲门，问："请问有废纸、空瓶卖吗？"许多人都用不耐烦的语气打发她："没有。"不知为什么，这时候她心里总是特别酸涩，比没新衣服穿、没热饭菜吃更难过。

一次，她敲开门，眼前出现的竟是同班同学。同学惊讶地瞪大眼睛，她也觉得有点尴尬，脸有些发烫。同学问："你帮爸妈来收旧货吗？"她突然释然了，心里涌起了一阵难以名状的自豪，抬起头说："对，我爸妈工作累，周末我帮他们干活。"同学的眼神中，有几分惊奇，又有几分敬意。很快同学发现了她手上的小本子，探过头仔细看，用夸张的声音说："你都提前背了这么多单词啦！真厉害！"同学的母亲也走过来，认出了她："你就是这次考年级第一名的同学吧，学校宣传栏里有你得奖学金的照片，周末还帮父母做事，真懂事。"

那天，她从同学家出来，觉得外面的天很蓝，风很轻，她的心也是那么明净。生活百味，酸甜苦辣她都尝遍了，成长的味道如同一枚青橄榄，刚含在嘴里时，酸得发苦，可渐渐地，却能品出丝丝甜味。

打量着眼前宽阔的道路，她笑了。

她，那个昂首阔步走在大道上的女孩，就是我。

（指导教师：管佳雯）

039

第二部分 真我风采

第一次挺身而出

游 走

天边的晚霞如燃烧的火焰，一片片"烧"红了天，我踏着夕阳独自走在回家的路上。

一路上，我的右眼不停地跳，不由得想起一句俗话——"左眼跳财，右眼跳灾"。于是我总觉得会有什么事要发生。不禁猜想：是我养的蟋蟀病了？是我藏在床下的那张不及格的试卷被爸妈发现了？……

正胡思乱想着，"咚"的一声，我的头不偏不倚撞在路边的一棵大树上，直撞得我眼冒金星。原来所谓的"灾难"就是这个呀！我揉了揉生疼的额头，心情一下子舒畅了许多。

"快，把钱交出来！"当我拐进一条小巷时，前面突然传来一个粗暴的声音，一个中年男子正拿着一把匕首对着一名妇女。我急忙躲在拐角处察看，歹徒步步紧逼，妇女脸色苍白，将包紧抱在胸前，慢慢后退。

我的心立刻提到了嗓子眼，这种镜头我可只在电视中看到过呀。怎么办？冲上去，那是鸡蛋碰石头；大声叫喊，可这小巷中再无他人；悄悄溜走，那妇女肯定凶多吉少，我于心不安。

"不要过来，我身上真的没钱……"那妇女突然跌倒在地，浑身上下不停地颤抖。"没钱？谁信！快把包给我。不然，我可不客气了。"歹徒威胁道。

看着穷凶极恶的歹徒，再看看惊慌失措的妇女，我浑身起了一层鸡皮疙瘩。我疯狂地翻着书包，终于翻出了一张电话卡，立即跑出小巷，来到公共电话前，插进卡，可卡里却没有钱了，再翻口袋，什么也没有。情急中，我看到了电话旁的一些字：紧急情况下，无须插卡可直接拨打110……哎呀，怎么忘了？我急忙拨打110，向警察说明了一切，警察说马上就到。

挂上电话，我赶紧回到小巷，看到歹徒正抢妇女的包，妇女却不肯松手，歹徒凶狠地举起匕首："放手！再不放手，就给你放血！"

情势千钧一发，可警察还没有到，我看在眼里，急在心头，不知哪里来的一股勇气，大吼一声："住手！"歹徒愣了一下，回头望了我一眼，随即使劲一拽，将包抢到手中，拿着匕首向我走来："一个小屁孩也敢逞英雄，那就让你尝尝做英雄的滋味吧。"

看到这架势，我不禁腿脚发软，但还是强作镇静："你……你别过来，警察马上就到，你嚣张不了多久了。"

"哈哈，警察？等我教训了你，你再去找他们吧。"歹徒继续逼近。

这时，巷口传来了警笛声，歹徒脸色大变，掉头就逃，可天网恢恢，被警察抓了个正着。

摸摸还在暴跳的胸口，看看天边红彤彤的晚霞，回想刚才惊心动魄的一幕，我骄傲地笑了。

擒 贼 记

游梓瑶

汽车刚进站，路旁的乘客便蜂拥而上。我随着人流上了车，找了一个靠窗的座位，心中无比惬意。

这时，车上的一个青年男子引起了我的注意。只见他戴着一顶鸭舌帽，却把帽檐压得很低。他左顾右盼，在乘客中挤来挤去，似乎在寻找什么东西。我非常疑惑：他是咸蛋超人，还是便衣警察？

这时，那男子停在了一位中年妇女的旁边，贼眉鼠眼地四处观望，接着从西装内掏出一份报纸，遮住自己的脸，挨着中年妇女，眼睛却不断地往妇女的皮包上瞟。

看到这一幕，我不禁有点担心：这人行迹如此鬼祟，一定不怀好意，难道他是小偷？没错，他一定是小偷！一时间，我慌起神来，脚不由自主地乱动，手也不知该放在哪儿，额头上隐隐渗出了细密的汗珠。

那小偷四下观望，发现没人注意，右手便从自己的衣服口袋里拿出一个小刀片，伸到中年妇女的皮包下面。

这下我可急了，脸微微泛红，刚想大声叫出来，却发现自己的嘴巴已经不听使唤了。我的心中有两种声音在争辩，一个说：快叫啊，再不叫小偷就得手了；另一个说：不能叫，前不久电视上还报道过一个青年人因为揭穿了小偷而被愤怒的小偷一刀捅死的事呢……

正当我左右为难时，那小偷已经将妇女的皮包划开了一道口子，一个鼓鼓的小钱包不知怎么就到了小偷手里。

我更加紧张起来，眉头紧皱，脸涨得通红，人也不自觉地站了起来。小偷突然回过头，饿鹰一般的眼睛恶狠狠地盯着我，那目光寒气逼人。

我两腿一颤，便不由得屈服于那凶煞的目光，无力地跌坐下来，低着头，再也不敢看了。就这样眼睁睁地看着小偷作案吗？我的正义感哪里去了？车上这么多人，怕什么！拿出勇气，与坏人斗争到底。

我抬起头，看到小偷正把钱包塞进自己的口袋。我霍地站起来，大声喊道："他是小偷！"

"谁是小偷？"小偷故意四处张望。

"你是小偷！"我坚定地说。

"你小子活得不耐烦了，竟敢乱咬人！"小偷恼羞成怒，挥舞着拳头向我冲来。

就在这时，一双手猛然抓住小偷，反手一带一压便将他制服。只见那人拿出证件："我是警察，我已经盯你好久了！"便衣警察从小偷口袋中搜出钱包，还给中年妇女，又转过头笑着对我说："小伙子，你真勇敢！"

这时，全车人都热烈地鼓起掌来，我不好意思地挠挠头，长长出了一口气。

043

第一次念作文

王里达

我的写作水平一般，每次看到老师点名念作文，就特别羡慕别人，总盼着老师也能让自己念一回，日子久了，都快成心病了。你别说，机会还真来了。

补课班的语文老师让我们写一篇作文，内容是记一个自己最爱的人。回到家里，我左思右想，嘴里不停地念叨："写谁好呢？写爸爸妈妈的肯定很多，不能落俗套。不如写老师吧。写老师的同学虽然也不会太少，但咱有生活呀，老师对我就像妈妈一样，事例有的是，写出来肯定感人！"于是我的作文题目就拟作《老师，你就是我的妈妈》。

整整一个晚上，我绞尽脑汁，布局谋篇，措辞润色，费尽心血。爸爸的意见、妈妈的建议，全都认真参考。只为写得优秀，得一次全班朗读的机会。

工夫不负有心人！哈哈，我的作文成功地通过了老师的"审查"。老师让我第二次上课时朗读我的"大作"。

第一次在全班面前念自己的作文，很得意却特别紧张，坐在座位上，手心不停地冒汗，心里暗自鼓劲："声音要洪亮，要抑扬顿挫有感情。"

"王里达，把你的作文给大家念一下！"终于轮到我了。老师话音一落，我腾地一下站起来，几步走到讲台中央，环视下面同学仰视的目光，清了清嗓子，声情并茂地高声念道："老——师，我——就是你的妈——妈！"话一出口，同学们狂笑。

完了！我知道，机会轻轻地来，又轻轻地走了。唉——

（指导教师：孙莉）

倒霉的一晚

杨雅婷

"啪"的一声，"啊，我的玻璃杯！"看着一地碎玻璃我大叫道。

"啊，作业！"愣了半天才回过神来，我急忙拎起那两张几乎已经湿透的作业纸，但是我的营救太迟了，上面的字迹已经模糊了。爸爸闻声赶来，见我如此狼狈，不但不安慰，还对我冷嘲热讽起来："怎么回事啊？看看乱七八糟的，怎么这么笨，连个水杯都能打了。"

我好不容易写好的作业，还有可怜的水杯！带着满肚子对爸爸的不满，我把作业又写了一遍。

困倦袭击了我的大脑，连眼皮都抬不起来了。晚上睡觉前我有喝一杯水的习惯。水，睡，脑子里只想着这些。迷迷糊糊的一进厨房就拿起桌上的水喝起来。"这是什么水啊，怎么像是自来水？"

迷迷糊糊的我正迟疑时，妈妈走进来问："宝贝，有没有看见我的刷牙杯？我刚才在厨房兑了点热水，怎么出去接了个电话就不见了？我到底放哪儿了？"

"不知道。"我拖着长长的声音边回答边放下手中的水杯，准备回房间。妈妈突然感叹道："呀，这不是吗？宝贝，你刚才一直拿着它干啥？问你还装不知道，这孩子。咦，水呢？"妈妈摇摇空荡荡的刷牙杯问道，狐疑地看着我。

一句话把我从迷糊中揪了出来。我刚才喝的是妈妈的刷牙水？啊？惊得我眼睛瞪得像灯笼。妈妈似乎也反应过来了，大笑不止。我也很尴尬地笑着。后来，笑得我都跌坐在床边……

（指导教师：米小刚）

045

第二部分 真我风采

那一回"自我改造"

李卓真

现在人人见了我都说我长得白，其实，我小时候很黑。

上小学以前，我是一个有"多动症"的小女孩，经常在炎炎烈日下玩得"乐不思蜀"。于是，不懂得怜香惜玉的太阳公公就把我这个漂亮的小女生打扮成了一个"黑煤球"。院子里的大人们见了我都开玩笑说："这是谁家的'黑雪公主'呀？"真是郁闷！但为了玩，我依然我行我素。

终于有一天，我找到了一个改变我"不良形象"的机会。那一天我玩得口渴难耐，火急火燎地跑回家去喝水。一大杯凉白开被我"咕咚咕咚"地一口气灌进了肚子，我正要美滋滋地享受解渴的痛快时，突然发现桌子上放着一盆雪白雪白的面粉。面粉——白雪，白雪——面粉，它们之间有什么联系呢？肯定有。我突发奇想：白雪公主长得那么白，会不会是抹了面粉变白的呢？我为自己的这个天才想法狂喜不已。好，马上行动！于是我抓起一把面粉往自己脸上一抹，然后去照了照镜子，镜子中我的两个脸蛋果然变得雪白！"试验"成功之后，我采取了进一步的行动，继续扩大试验成果，从头到脚用面粉把自己"改造"了一遍，一盆面粉几乎被我消耗殆尽。

我想，这下终于可以摘掉"黑雪公主"的帽子了，就迫不及待地对着厨房喊："奶奶，快来看呀！白雪公主回来了！"穿着围裙正在做饭、满手都是面粉的奶奶匆匆忙忙从厨房跑出来时，看到的是一个从头到脚浑身抹满白面粉，只露着两只黑眼睛的"白雪公主"。可想而知，奶奶笑得腰都直不起来了！

后来每当大家提起我的这件"自我改造"的趣事，都会笑出眼泪来。

(指导教师：惠军明)

046

我喜欢这样的状态

何若威

今天，我又重新背起了那尘封已久的手风琴。虽然它很重，但当我又闻到那令人产生回忆的气味时，我的思绪禁不住又回到了过去……

起初背起手风琴的我，还是一个充满稚气的贪玩小孩。我坐在曲谱前，在高压与强制下，不停地来回拉动着风箱，手指在键盘和贝斯上不断弹着，汗珠落在了地上，绽放出苦涩的水花。睡梦中感觉自己的手脚好酸、好酸……我躺在床上，睡得正香。突然，爸爸严厉的面孔出现在我的梦乡中，我惊醒了——于是，手风琴又发出了疲惫的曲声。

夏天，在游泳池边，有人忽然问我：你的大腿怎么了？我只是苦涩一笑："手风琴风箱磨的，是茧。"然后纵身跳进游泳池中。

我对手风琴充满了复杂的心情。第一次见到它时，我喜欢上了它，求爸妈让我学。一旦与它结缘，父母竟然把我和手风琴"绑"在了一起，剥夺了我的自由，在多少次的抱怨和流泪中，我讨厌它，不再对它充满热情，不再对它热爱，取而代之的却是深深的憎恨，我好想摆脱它。终于，机会到了：2002年的夏天，我将参加手风琴九级考试。妈妈说，考过九级就可以不练了。于是，我抓紧时间，坚持每天练八个小时，结果不出所料，我以优异的成绩通过了九级考试。我终于可以抛下它了，可以高兴地生活，可以自由自在地玩耍了。

几个月后，不知怎么的，我对手风琴的思念之情却与日俱增。我把它带到了学校，背上它，没有任务，没有指标，轻快地弹奏着优美悦耳的乐曲，似乎觉得此刻才是我真正希望的、自由自在、无忧无虑的弹奏状态。

（指导教师：李兆祥）

第三部分

我手写我心

　　我很难过。不就是胖了一点吗？我胖到底妨碍了谁？又犯了哪家的法？我脑子不笨，作文不差，数学考试有时还是班级第一，对班级事务，我任劳任怨，可是大家为什么就看不到这些呢？难道攻击别人的弱点，就可以获得可怜巴巴的自信吗？如果是这样，那真是太可怕了。

——陈鑫新《我的心灵深处》

补课元老

张晓东

说起来，我也算"补课生"中的元老级人物了，因为除小学一二年级外，每年我都被困在补课的牢笼中。

一二年级，因为成绩优异，稳居班里的前三名，亲爱的老妈才放过了我。三年级时，家从郊外搬入城里。由于成绩跌出了班级前十名，于是，亲爱的老妈就开始为我寻找各种各样的补习班。从奥数到英语，从书法到舞蹈……无所不有。我的补课生活也就此开始。

可我偏偏是个只有三分钟热度的人，劲头一过，对补课我再提不起半点兴趣。那时，我年纪尚小，总是被亲爱的老妈骗来骗去。本来说好是去跟老师说不补了，可每次亲爱的老妈回来都对我亲切地说："和老师说好了，补完今年就不补了。儿子，乖！"每一次我想反抗时，亲爱的老爸就会被及时地搬出来，老爸看老妈的眼色行事，心领神会，一声断喝，我只好屈服。

我也曾不甘于屈服，想过很多自认为不错的办法，如装病，想逃避星期天早上六点半的奥数补习；或故意让闹钟不响，以躲过一连四个小时的艺术班训练。但是每次，亲爱的老妈都会用她那雪亮的黑豆眼细细观察一番，然后再用她那宽厚温柔的手一把将我从床上拽起来，然后唠唠叨叨地说教一番（有时也会拿着扫把假装要打我），最后把书包扔给我让我自己看着办。总之，千方百计赶我去补课。

说真的，我对奥数没有一点兴趣，从没认真听过一次课，直到初中我都不会做小学的奥数。五年级时，有学长告诉我，小学补课纯属白费时间白费钱。我也曾无数次说给妈妈听，可这金玉良言始终被老妈视为不认真学习的借口，于是，补课照旧。

唉，我悲惨的补课生活还在继续，一说起来就心酸。

（指导教师：周远喜）

钢琴木偶

周　冯

"啪嗒嗒"，我闭着眼睛，双手紧紧地捂住耳朵。节奏消失了，我松了口气，继续睡觉。暑假的每一天，我都会被这该死的节拍器吵醒。迷糊中，老妈双手叉腰，恶狠狠地瞪着我："你这孩子，太阳都照屁股了，还不起来。快起来练琴，今天该弹哪儿了，《土耳其》还是……""好好，马上就起。"我一边嘟哝着，一边打哈欠，准备等老妈出去之后再睡一觉。突然，一声惨叫响彻房间，是妈妈那冰凉的手搭在了我的后背上，霎时，一阵寒意传遍全身，一点儿睡意都没了。

噩梦般的一天又开始了。我先是在老妈的催促下刷完牙、洗完脸，接着吭哧吭哧喝下米粥；然后从书架上取下五线谱，放在钢琴上，坐下，"咚咚咚——""停停停！太慢了，一点儿节奏都没有，你还想不想考啊，把今年的十级考完，明年随你怎么玩。今年考好点，对亲戚也有个交代……"天哪，又是考级，多少活泼的文字就这么被一长串训话生生地压了回去。我揉了揉眼睛，重新弹起来。"停停停！有个音弹错了，你到底把心思放哪儿了？"呜呜，为什么妈妈也会弹钢琴啊？整天挑我的刺儿，我都快被折磨得疯掉了。

漫无目的地弹着，望了一眼钢琴上的钟（我故意把它放在最显眼的地方）。唉，才过去了五分四十秒，上午还有漫长的三小时五十四分二十秒等着我。弹着弹着，手指仿佛已不是自己的了，整个人就像台机器在工作，不时发出"嘎吱嘎吱"的响声，屁股早坐得发麻了，左手却还不时地翻着五线谱——麻木了。

"老妈，我要上厕所！""才几分钟就坐不住了？看看人家徐梓秋，每天弹八个小时的琴都没说过累啊、上厕所什么的。再看看你……"得得得，趁她发牢骚，我赶紧溜进了厕所。

哈哈，得好好利用一下这宝贵的休闲时光。正当我自鸣得意时，老妈的一句话雷一般从天而降："你就慢慢享受吧，反正也不算在四个小时里。"

我一脸无奈，只好重新坐到钢琴前，规规矩矩地弹起来。这首曲子已经弹了三十遍，每一个音符都已深深地凿在我的大脑里了，我实在是没兴趣再去琢磨了，再这样下去，脑袋非被凿穿了不可。

我就像一只被人操纵的木偶，天天过着同样的生活，枯燥而乏味，四个小时的每一分钟，脑海里都是五线谱、五线谱，该死的五线谱！什么时候才是属于我自己的时间呢？

（指导教师：李凤）

劳动最光荣

田硕果

五岁，妈妈教我唱儿歌："太阳光金亮亮，雄鸡唱三唱……劳动的快乐说不尽，劳动的创造最光荣！"我问妈妈："为什么劳动的创造最光荣？"妈妈说："爱劳动的都是好孩子。"听了妈妈的话，我决心做个爱劳动的好孩子。

六岁，我帮妈妈去打酱油，店里的阿姨抱着我亲呀亲，还给我一根棒棒糖。

七岁，一年级。老师问"谁去办公室拿粉笔"时，我总是第一个举手。

八岁，二年级。我帮老师灌了一瓶开水，老师摸着我的脑袋直夸我。

九岁，三年级。那个冬天特别冷，我每天提前半小时到校，倒灰，捡柴，搬煤，生火炉。同学们都叫我"花脸包公"。那年我领回了平生第一张奖状，上书"劳动标兵"。妈妈看了叹口气，说："啥时候你能领回张'学习标兵'的奖状就好了。"

十岁，四年级。老师带我们去田里拾麦穗，数我拾的最多，扛不动了，最后是老师用自行车帮我驮回学校的。那年我领了第二张奖状，谁知爸爸看了脸黑得像炭块，终于有一天拿我的奖状做了引火的柴。

十一岁，五年级。在爸妈的轮番抗议下，老师取消了我生火炉的资格。那年我没有领到奖状，过了一个失落的年。

十二岁，要升六年级了。暑假里的一天，妈妈带我去了一处建筑工地。炎炎烈日下，脚手架上的工人们裸着疙疙瘩瘩的肌肉挥汗如雨。妈妈说："不努力学习，你将来就和他们一样受苦！"我羡慕地说："他们力气好大！"话音未落，我的脖子挨了重重一掌。我委屈地说："不是说劳动最光荣吗？"

十三岁，七年级。成立班委会，老师让报名。我说我小学干过四年的劳动委员。同学们哄堂大笑。老师没有笑，老师诧异地看着我，好像我是天外来客。

十四岁，八年级。老师突然决定免去我的职务——也许因为我只会自己劳动不善于发动同学吧，也许因为期中考试我破天荒地考了第十名吧，也许因为爸妈再次提出抗议了吧……我问老师："那劳动委员谁来做？"老师胸有成竹地说："就让成绩很差的张三、爱说话的李四、上课老睡觉还经常迟到的王五轮流做吧。"这回我没有问劳动是不是最光荣，因为我觉得这个问题太幼稚了。

心　魔

蒋昕晨

周日，我的书房里。

雪白的纸，疾飞的笔，我正在埋头赶着作业。

手写酸了，我放下笔，看了一下手表，13∶30。"以往这时候我应该在玩冒险岛吧……"我喃喃自语。猛地，脑中似乎有一根弦被触动了，"我要去玩冒险岛！"随着这个念头，身体下意识地站了起来，可眼前的作业本摊在桌上，还没做完。"唉……"我又重新坐下做作业。但我却发现根本无法集中精神，脑子里总是浮现出那些精美的画面，Boss级怪物，华丽的技能……一种不可抗拒的诱惑汹涌而出，冲击着我理智的城墙。我猛地甩甩头，试图将这些乱七八糟的东西甩到九霄云外，但很可耻地，我再次失败了。我的眼睛无神地盯着作业本，天哪！作业本上的每一个字都幻化成了游戏中的怪物。对，攻击，用火焰箭，怪物被打败了，爆装备，捡取！然后重复这些过程，最后——升级！想到这些，我默默地笑了。

蓦地，我的心颤抖了一下，脑海中有一段记忆跳了出来：

"妈妈，你以前都把电脑给锁了，现在为什么不锁了啊？"

"以前你还小，没有自控力，我怕你会上瘾，所以控制你玩的时间。现在你长大了，自控力强了，所以没必要去锁它了。"

"你就这么确信？"

"我相信你！"

想着，我的心再次颤抖，我定了定神，心中默默地说："妈妈，谢谢你的信任，我不会让你失望的！"我坚定地又将视线放回作业本，那些字已不再是怪物了，我脑中的画面也不存在了，我将握笔的手提起，再落下，继续做作业。

我的心灵深处

陈鑫新

在我的心灵深处，最让我苦恼不已的就是胖。

听母亲说，小时候我是很瘦的。可是没几年工夫，我竟像吹气球似的疯长，一米七的个子，体重已达九十公斤，整个儿一个"大胖墩儿"。走起路来一摇一摆，慢慢吞吞的，像只大企鹅，稍微用点劲儿就累得气喘吁吁。

父母的同事来我家串门，总会打着哈哈对父亲说："老陈啊，瞧你儿子又白又胖，一定在吃上花了不少工夫吧？"接着，还会语重心长地劝道："得多注意才是啊！"说罢，又会转过头来拍拍我的肚皮，笑道："长大了准是当官的料。"明明是黑皮一个，却说我白；明明我不想当官，偏说我是当官的料。哼，这不明摆着糟践人吗？每逢这时，我多半会愤然转身，气鼓鼓地离去。

晚饭后散步，小区里的老爷爷老奶奶若碰见母亲和我，总是会唠叨两句："给你儿子少吃点回锅肉，多吃点青菜、萝卜，瞧这个胖哟！"一位快嘴的阿姨竟说出了一句很有创意的话："不过胖了也好，去日本学相扑，没准还会为咱们中国争光呢！"我和母亲一脸的尴尬，笑也不是，不笑也不是。后来，我拒绝出去散步，真想把自己关在屋里，永远不出门。可是，我还得上学呀！

至今，我依然无法忘记来英才学校之前的情形。别人视之为温馨的母校，在我却是噩梦。同学们给我取的绰号多得耳朵都生老茧了，什么"小胖猪"、"大金刚"、"大猩猩"……弄得我一点儿尊严都没有。女生简直是坏透了，常常会不怀好意地挤到我身边，饶有兴味地给我传授一些莫名其妙的减肥秘方。

有的说："我看啊，你去商店买些减肥茶，包你一个月和我一样苗条！"说罢，还摆了一个pose，惹得全班同学哈哈大笑。

还有的说："我看你去跑地球一圈，一定能减肥。"

立马就有人搭腔："这事可不能过头，要是跑地球一圈，回来大家都要叫你小肉干了！"于是再次引来一阵大笑。

这还不算，一位老兄还趁机调侃："如果我是你，干脆在身上割两块肉去卖，既能赚钱，又能减肥！"我的脸上火辣辣的，耳根都在发烫，真想找个地缝钻进去。

我很难过。不就是胖了一点吗？我胖到底妨碍了谁？又犯了哪家的法？我脑子不笨，作文不差，数学考试有时还是班级第一，对班级事务，我任劳任怨，可是大家为什么就看不到这些呢？难道攻击别人的弱点，就可以获得可怜巴巴的自信吗？如果是这样，那真是太可怕了。

上天保佑，在这个新的环境中，我不再有这样的噩梦！

（指导教师：汲安庆）

我和我的少女情怀

曹　蕊

　　谨以此文献给一个在窗沿写着乏味作业，外面突然下起淅淅沥沥的小雨来，脑海里旋即开始演电影的女孩。

　　这是一个初三前暑假的下午，一个真实而又充满了梦想的下午。

　　初三，马上就要失去这个下午，我知道。

　　我是坐在窗边的，默默地写着作业。偶然间感觉到微如纳米的水滴透过纱窗蹭了蹭我的手臂，用目光去寻，是没有办法寻到的。下意识地嗅了嗅四周的空气，有些许酸楚的气息，又有些熟悉。记得自己参加过一个网络投票：什么奇怪的气味最令你讨厌？——其中有一项是雨的味道。对此，我印象极为深刻。所以，我才知道，下雨了。

　　窗子对面的幼儿园，《水边的阿狄丽娜》的钢琴声渐渐响了起来。我猜，这是个初学者在练习，琴声断断续续，或隐或强，音乐却是无比美妙的。

　　渐渐地，雨的迹象明朗起来。推开纱窗，发觉，窗外的雨和透过纱窗的雨完全是两个概念。尽管蓝色的窗子外围了一层黑色铁栅栏，禁锢了些什么，但无可否认，透过那层纱，我无法分辨瞳人中显现的是纱还是雨。而当我有些抒发小少女情怀地把手臂探出窗外感受雨滴时，我的瞳人中显现的是手心上不住地多了一个两个湿润的、凸起的东西。我可以清晰明朗地感受到这自然给予的独一无二的纯净的东西吻了我的皮肤，沁在心里，不再逃避。你也许认为它脏，可在我心里，圣洁，是可以拿来作它的形容词的。记得在一个白雪漫天的季节，我拉着小姐妹的手在空旷得只剩下脚印的操场上，两个人仰着头，张着嘴，当舌尖有了冰凉的感觉时，就会傻傻地看着对方笑，大声说自己吃到了世上独一无二的一片雪花。就是这种小青春情愫，最不轻易表露。

　　思绪回转，在我想要把思路顺延成随想时，正"淋雨"的我投注了一波如水的眼光望见一抹"青"。卖个关子，为什么我突然把笔触转向了"青"？起初我唤它作"铝合金窗户夹缝中的'绿'"，而后思索了下，决定改"绿"为"青"。因为好像所有被"青"所冠名的都是与未成熟和稚嫩懵懂有关的，如青涩、青葱、青春……我承认这只是一株在不适合的地方生长的小草。我数了数，四叶。目光逼近，四片叶的中心还冒着两瓣像婴儿刚刚生出的乳牙一般的嫩芽。见此情形，我心中突然萌生了一个字——拔。所以，与其说是小草打动了我，不如说是两瓣嫩芽触动了我的少女情怀。那株草跟我相似而又相异。相似是说我和小草一样平凡、一样没有背景、一样没有力量却一心抱有小梦想，相异则是说它有着沾满雨水却不停止生长的勇气，而我却惧于确定自己有或没有。

　　当写到这里时，雨已经愈演愈烈了。又想起一个很微妙的比喻：下雨是老天在哭泣。那么现在，假设时间在这一秒凝结，我的黑色瞳人里将会定格下这样一个画面：一滴晶莹却足以折射出别样世界的"泪水"，慵懒而又闲适地倒挂在隔绝心扉的黑色铁栅栏上。我双肘拄着窗台，对着天空说："如果我的愿望能够实现，现在，我目光凝注的这一滴挂在铁栅栏上的雨水就会在二百个数之内掉落下来。"于是我开始数，我依稀记得数到一百六十几时它落了下来。事情还是有模糊记忆的，可许的那个愿望是什么、最后实现与否却已毫无记忆了。其实，也毫无意义了。

　　天色渐暗，我和我的少女情怀，与那未曾停歇的、依稀飘零在无尽长空的雨同在。

　　最终，对面幼儿园，初学者的钢琴声戛然而止，我，关上了纱窗。

　　雨，没有停。

（指导教师：李丹）

扬起自信的风帆

邹舒清

自信是什么？

自信是惊雷，是飞雪，是骤风，横扫一切拖沓、迟滞、犹豫与懒惰。自信是战鼓，是号角，是旌旗，催人勇往直前，大胆创新，日日精进。

自信，是人生命中另一道风景线，它为人生搭起了一个奋斗的平台，让人们在这平台上看到了希望。

因为自信，毛泽东开天辟地，带领中国人民，在寒风凛冽的冬天里站了起来，寻找到春天的气息。

因为自信，童第周发出振聋发聩的呐喊："中国人绝不比别人笨！"这才有了外国人对中国人的刮目相看。

因为自信，德摩斯梯尼数年如一日地在海边衔石苦练，终成世界著名的雄辩家。

……

是自信之水滋润了理想之芽；是自信之光照亮了前进的道路……自信，是成功之帆，在汹涌的大海中乘风破浪，带你驶向理想彼岸。

自信是什么？

自信是阳光，是雨露，是琼浆，助人容光焕发，精神抖擞，挥洒自如。

自信使潜能释放，困难后退，目标逼近。

自信的人生不一般，不一般的人生都自信。

朋友，让我们一起扬起自信的风帆吧！

（指导教师：田为）

第四部分

成长的滋味

　　风雨停了，一道浅浅的虹横跨明亮蔚蓝的天空。我想我是爱这风雨的，因为风雨见证了我的成长，让我知道了成长的特别滋味。那是眼泪的味道，是脱去稚气的味道，是凄风苦雨后彩虹的味道，丰富、精彩而不可言喻。我知道，成长的特别滋味会在岁月的洗涤之后仍被我牢记心中。

——陈倩《成长的滋味》

成长的滋味

陈　倩

　　望着窗外已下了几天的雨，我长长地叹了一口气。现在就算要出去也难了。

　　"××，快下来吃饭啦！"正闹心呢，一串急促的脚步声直到楼下："催什么催？暑假里老师叫写的作文马上就要交了，你叫我上哪儿找电脑打去？""雨停了，我陪你上人家家里打去。""雨停了我也不去，你叫我怎么好意思总上人家家里打去，我不去！"我赌气地怨道。刚从鸡棚里出来的爸爸见状，也埋怨起来："你就知道打牌，怎么不关心关心孩子的学习呢……"

　　一句句难以入耳的气话针一样扎在妈妈的心尖上。妈妈的脸突然阴了，接着是煞白，什么也不说，一会儿后，走到楼梯间，把门关上。我的心忽然跳得很快。

　　我把耳朵贴紧门，突然一声声轻微的抽泣声从门的另一面传来。我的心不由得跳得更快了，不会吧，记忆中妈妈的脸上从来只有笑容，她会哭吗？我忙打开门，只见妈妈蜷在墙角，一见我就像受了委屈的孩子一样号啕大哭，一颗又一颗的泪珠子断了线似的顺着她眼角的鱼尾纹滚落，重重地砸向我原本麻木的心。心的剧痛逼得往事一一重现。妈妈不知为这个家操了多少心，而在爸爸和我的双重挤压下，一颗坚强的心也终于爆炸。而我真的好不懂事，有这么一个一直给我创造爱的城堡的妈妈，电脑创造的虚拟世界又算得了什么？我不知怎的一下子跪倒在妈妈面前，说我错了，让她别待在冰凉的地面上了，可她只是别过脸，不说话，我不停地哀求，嘴里渐渐苦涩，是泪啊，什么时候流的？

　　好久，妈妈终于起身，我赶紧拖着发麻的双腿，跟着妈妈。妈妈进了屋，趴在床上，而我也第一次学会了为别人盖被子。妈妈也不睡，时而眨下眼睛，看得我心里毛毛的。我想起电视里那些因承受不住压力而跳楼喝农药的人，心里猛一颤。于是赶紧环顾四周，还好，什么瓶子也没有，又赶紧仔细地将每扇窗都锁紧了。最后又把椅子和板凳挡在房门口，边做作业边看着妈妈，生怕她会离开我。我想，我已然在亲情与面子之间做出了最坚定的选择。

风雨停了，一道浅浅的虹横跨明亮蔚蓝的天空。我想我是爱这风雨的，因为风雨见证了我的成长，让我知道了成长的特别滋味。那是眼泪的味道，是脱去稚气的味道，是凄风苦雨后彩虹的味道，丰富、精彩而不可言喻。我知道，成长的特别滋味会在岁月的洗涤之后仍被我牢记心中。

（指导教师：丁锋）

站在独立的门口

孙佳钰

我想，每个青春期的孩子都想向大人们证明：我也是"大人"了。数学老师说得好：没有条件怎么证明？不用担心，有人说了，没有条件也要创造条件。

在我上初一的时候，条件来了——我要住校。我和老爸组成了父女军团，老妈的城池再厉害也受不了我和老爸的狂轰滥炸，终于，老妈答应和我们签订"和平条约"。

此次"战役"，以我最终能住校而大获全胜。原本想安安稳稳地过日子，谁知老妈又"反攻"回来了。

"为了防止蚊子的侵扰，我准备了花露水，防蚊虫叮咬的沐浴露……对了，夏天太热睡不着怎么办？我还要去买一个小电风扇……"

"妈，宿舍是没有电源插座的。"

"噢，那我去买一个充电式小电风扇。"没取得对方签字认可，老妈拿了钱包就出去了。

入宿那一天，我才发现，我是宿舍"武装"最全面的，学校那小小的柜子根本就不够我放东西。算了，第一次独立需要良好的物质基础。

大概是老妈觉得上次"战争"损失太严重，居然连学校这么圣洁的地方，她也敢来"攻打"。

第一天，她来提醒我要盖被子；第二天，她送来了烤鸭；第三天，她怕我自己感冒不知道，居然送来了体温计……我的神，不能再沉默了，如果再这样下去，我的"独立生活"即将成为一个传说。

我穿好"防弹衣"，系着护膝垫，拿起搓衣板，赶赴"沙场"。我已经站在独立的门口，怎么能不英勇地跨过去呢？

搓衣板也跪了，好话也说了，誓也发过了，鼻涕也流了，可老妈却会错了意，她听后居然决定要当"陪读"家长，还拿着小计算器算着房租、日常开销等费用。我的反抗，她一点儿也听不进去。

最终，托老妈的"福"，我顺利变成一名"陪读生"，怎么飞也飞不出老妈的"五指山"。

站在独立的门口，却总有一双手死死地抓住我，让我无论如何也迈不过去。真想大声问苍天——我的独立在哪里？

（指导教师：韩美英）

第四部分 成长的滋味

烟花不是花

于凯

因为期末考试破天荒地考了第一，寒假的前半段我一直享受着万千宠爱集于一身的幸福。爸爸领我走进361°专卖店，豪爽地说："喜欢哪件，随你挑！"妈妈笑眯眯地看我沉迷于"地下城和勇士"而没有絮絮叨叨。邻居李阿姨来我家串门时第一次没有唾沫横飞地夸奖她家的小贝学习如何如何好……

然而好景不长。正月初七，爸爸上班前撂下的一句话将我从天堂打回了人间："从今天起，安心学习，保住第一！"我再一次被妈妈监视起来：不准出门会同学，不准开电脑，接打电话不准超过五分钟，看电视只准看新闻频道，课外书只准看文学名著……

"天！我不是已经第一了吗？"晚饭时，我企图抗议。

"得第一容易保第一难！"爸爸语重心长。

"天外有天，人外有人！"妈妈苦口婆心。

我放弃了反抗，采取消极怠工的办法，在爸妈的严密监视、循循善诱和摇头叹息中苦苦煎熬等待开学。

一晃到了元宵节。在连天的爆竹声中吃过晚饭，我小心翼翼地跟爸爸请假："和同学约好了去看烟花……"

"我带你去。"爸爸说道。

天！有这么大的孩子还被大人领着看烟花的吗？

我有心放弃，却耐不住美丽烟花的召唤，只好点头。

烟花真美！姹紫嫣红，流光溢彩，璀璨夺目。

人们跳跃，欢呼，惊叹。

又一朵烟花绽开，漫天铺撒，美妙绝伦。我忍不住大喊："这朵真好看啊！"

"烟花不是花。"爸爸在我耳边淡淡地说道。

见我疑惑地望着他，爸爸轻轻拉我走出人群。

"你看那烟花，虽说好看，却只有一瞬间的美丽，瞬间之后，什么都没有了，哪里是什么花呢？"爸爸说，"只有那些长在土壤里，经过漫长的努力，吸取日月精华、养料水分，辛苦绽放出来的花朵，才能结出香甜的果实啊！"

我终于明白了爸爸的用意，挽起爸爸的手臂说："爸，你放心，我不会让青春像烟花一样湮灭的。"

第四部分 成长的滋味

脚 印

郑慧文

　　"一步一个脚印踏踏实实走出的人生才是成功的"，我在经历了那件无比后悔的事之后，才深深地明白了这个道理。

　　记得我很小的时候就学二胡了，在与我一起学琴的小朋友中，我始终是佼佼者，每次作业总是我完成得最出色，老师总说我拉得最好，说我最机灵、最聪明。我六岁左右，老师让我参加了一个业余二胡比赛。评委们也许见我年龄最小，特别照顾我而给了我一个优秀奖。其实我的演奏并不见得比其他选手好，但当时我不知道这点，还以为是自己技压群雄。

　　打那以后，我就再也不安心练琴，只盼着在客人来家时卖弄一下那可怜的琴技。我认为二胡的技艺只不过如一件可炫耀的衣服，而可炫耀的资本就是那些机械的呆板的技巧。以后的一年中，我对二胡、对音乐的认识都仅仅停留在六岁的水平。

　　我开始看不起那群同学，特别是其中那个叫梁叶慧（后文简称慧）的女孩，一支新曲子她拉好几遍都不会，特笨，却口口声声嚷着要超过我，她天天捧着《音乐家传记》或《音乐欣赏》看得津津有味却似懂非懂，还常跑去问老师好多"为什么"，她说她要理解音乐，要理解艺术。我听她问出的问题，就觉得十分可笑。在我看来，只要把一首曲子拉下来，技巧完成得像那么回事，再加一些轻重变化意思意思，就差不多了，管那么多别的事干什么！

　　我十岁时，又参加了一个比赛，慧也去了，比赛完后，评委对我的评价是演奏缺乏音乐性。结果，我没得奖，而慧却得了二等奖，我很失望。慧送给我一本她最爱看的书，还对我说："你演奏的仅仅是一些音符，而作为演奏者，我们要演奏出的是音乐——真正的音乐！"她的声音似乎很响亮，显得十分激动。

打开她给我的书的第一页，上面这样写着："音乐其实是一个回报最大的项目，只要付出点滴的心血，你就能得到很大的回报。音乐大师们会教你如何'理财'，直到有一天你发现，自己拥有了世界上最伟大最辉煌而无人能夺走的财富——那就是对音乐的理解与热爱！"

唉，如今我只剩下满腔的后悔与懊丧！一开始，也许我所拥有的比别人多一些，也许我比别人多一些天赋。但这又有什么用呢？几年后的今天，我却……如果我那时再踏实一些，再用功一些，怎么会像现在这样呢？

从那以后，我决心重新开始，认认真真、刻苦地练琴，体会每首曲子的思想感情。我在一张白纸上用黑色的笔画了一对脚印，把它挂在墙上，让这双脚印时时给我激励，给我鞭策。

（指导教师：贾宁）

第四部分　成长的滋味

父亲节的教育

季珍磊

我是家中的独生子，也是家里的小太阳，从小到大，全家人都围着我转。我说得最多的词是“我的”——这个玩具是我的，这些钱是我的，这些零食是我的……既然是我的，我就可以随意处置：高兴了，送给父母享用；不高兴，就扔掉。

终于有一天，当看到我把刚买的苹果扔进垃圾桶时，爸爸发脾气了，他责问我：“不吃就不吃呗，干吗扔掉？一点儿也不懂得珍惜。”我说：“不好吃。”爸爸说：“你觉得不好吃，但别人可能觉得好吃，我和你妈还都没吃呢。”我噘噘嘴说：“你买时可是说让我吃的啊。”爸爸哑口无言地站在那里，而我则背起书包，扬长而去。

到了中午，我把自己精心画的一幅画交给爸爸。爸爸说：“这是给我的吗？”我说：“是啊，今天是父亲节，老师特意交代要送给爸爸一份礼物。”没想到爸爸看了看，说：“什么画呀，难看死了。”说着，三把两把扯碎，扔到了垃圾桶里。“你……”我气得眼泪都出来了，大叫道，“你干吗撕碎我的画？”爸爸不屑地说：“画得难看，我不喜欢，当然要撕了。”“不好看就可以撕吗？那可是我辛辛苦苦画的呀。你怎么这么不尊重我的劳动呢？”“可是，你不是说送给我了吗？既然是我的，我当然有权随意处置了！”“你……”我没词了。“这可是跟你学的呀。”爸爸冲我做了个鬼脸，也扬长而去。原来他是在教育我。

我捡起那张被撕碎的画，重新拼起来，贴到自己床头的墙上。一次，爸爸夸赞说，那是我画过的最美的画。我回答说：“这幅最美的画里有爸爸添加的色彩。”

后来，每当我再霸道地说“我的”时，每当我想随意地扔掉或毁坏一些东西时，我就会想起那幅画，想起爸爸在父亲节对我的教育。

（指导教师：赵桂珠）

感悟成长

全思捷

成长历程中的酸甜苦辣，适合细细地慢慢地品味。

春之幼稚

在我六岁那年，外婆去了上海。上海的蔬菜没有我们这边多，而外婆又最喜欢吃蔬菜了，于是我就画了一张有许多蔬菜和水果的画，寄给了外婆。有一天外婆打电话来，我就问外婆收到我寄的画没有，外婆说水果已经"吃"完了，还剩下一点点"蔬菜"了。我信以为真，高兴地蹦了起来，仿佛自己做了一件特别伟大的事。

夏之灼热

还记得那年夏天特别特别热……

我骑着车子去买冰激凌。掏钱时，一枚一元的硬币调皮地跳进了污水沟，我没去捡也不想去捡。"姐姐，你的硬币！"当我舔着冰激凌推车子要走时，一个清脆的声音在我耳旁响起。我扭头一看，一个小男孩胖乎乎的小手上，捏着那枚沾满污泥的硬币。"讨厌！"我一扬手将硬币打飞，骑着车子就走了。车子拐弯时，我忍不住回了一下头，看见那个小男孩又捡回了那枚硬币，咬着嘴唇站在那里望着我。我突然觉得脸很烫……

秋之苦闷

我拿着被"红叉"覆盖的试卷气冲冲地往家走。这次考试后，我对同学们是大谈考试之易以及自己的文笔之妙，谁料到竟得了这样的"高分"。唉，算了，虽说有许多人比我考得好，但是还有一些人在我后面，可谓"比上不足，比下有余"。可是……

屋里静悄悄的，我才想到妈妈是不会这么早就回家的，于是我走进书房随手拿了本书出来。一翻，书中掉出一张纸，悠然落到地上。我轻轻地捡了起来，那是我以前的试卷。上面是鲜红的97分，可是试卷上却依稀可见被泪水浸湿后又干却的痕迹。我愕然了，不由自主地取出了这次的试卷。此刻，我内心无比羞愧——"你还是你吗？还是小时候那个争强好胜的你吗？"

冬之成熟

转眼之间，进入初中已经一个学期了，我住校也半年了。所谓"站得越高，看得越远"，可也有了更多的压力。

再过几天就是妈妈的生日，不知怎么了，心里总惦记着这件事，总想给妈妈打个电话，说说话。

嘟——嘟——

"喂，妈！"

"哦，囡囡呀，有事吗？"

"嗯……没……没什么，妈……今天是您的生日，就是想……想跟您说声生日快乐！"

此时，电话的另一边，一片沉寂。过了良久，才听见妈妈说："我的囡囡……长大了！"我猛地怔住了，如醍醐灌顶，猛然领悟：原来我长大了！——懂得理解，懂得关心，懂得爱了。

（指导教师：马文静）

幸福在鼓励的掌声里

罗　畑

　　"啪，啪，啪………"一阵阵沁人心脾的掌声响起，犹如动听的音乐。我站在高高的演讲台上，尽情地陶醉着，我知道，我的演讲又获得了成功。在神驰心往中，激活的思绪又飞回到了两年前。

　　"爸，妈，我要参加学校举行的'学习雷锋'演讲比赛啦！"我手握比赛报名表，兴奋地向爸妈报喜。

　　"什么演讲？我看看。"爸爸喜形于色，赶紧抓过报名表，"嘿，不错呀。这次一定要好好准备，争取拿第一名。"

　　"这次一定要为爸妈争光啊。"妈妈也不无得意。

　　"那当然，我早就准备好了。"我高昂着头，骄傲地说。

　　"那太好了。来，先给爸爸妈妈表演一下，我们也好给你指点指点。"爸爸一听来了兴趣。

　　"毛主席曾经说过：一个人做一件好事并不难……"我满怀自信地开始了演讲。

　　"停！停下！"我才刚刚开了一个头，爸爸就急忙打断了我，"你的语气太平淡了，要有激情，懂吗？再来一遍。"

　　"你还要注意手势，像这样。明白吗？"妈妈也在一旁指点着。

　　"不行，语气再强烈些。"

　　"哎，怎么又忘词了呢？"

　　"你这样子上台，那不是出我家的丑吗？"

　　"啪！"一记清脆的耳光终于落在了我的脸上。"你怎么就总教不会呢？我看你还是别参加比赛了。"

　　爸爸满脸怒气，妈妈两眼哀怨。我捂着火辣辣的脸委屈地向外跑去。怨恨、痛苦、失望一齐涌来，泪水肆意地流着。

"姐姐，你怎么了？"我抬起朦胧的双眼，不知不觉中我已来到了野花飘香、蝴蝶翩飞的草地上，一个扎着蝴蝶结、手拿竹制小公鸡的女孩正一脸阳光地望着我。

"有什么不顺心的事吗？把它说出来就没事了。"

我终于了解了饥寒交迫的人看到食物时的惊喜，沙漠中旅行的人遇到甘泉时的欢呼。我将心事一股脑儿倾诉给这个既陌生又亲切的小女孩。

"姐姐，你愿意讲给我听吗？"小女孩笑盈盈地对我说，"如果讲得好，我就把这个小公鸡送给你，好不好？"

并不是为了那只小公鸡我才竭尽全力，也不是为了小女孩对我的欣赏我才演讲得惟妙惟肖，虽然听众只有她一个人，我却注入了全部的激情。当演讲结束时，草地上荡起了一阵单调而清脆的掌声，那是我最幸福的时刻。

后来，我参加了复赛，又参加了决赛，并最终站在了高高的领奖台上。面对雷鸣般的掌声，我知道，是小女孩教我学会了承受，学会了坚强，学会了追求，学会了超越。

"如果感到幸福你就拍拍手，啪——啪——，如果感到幸福你就拍拍手，啪——啪——"伴随着幸福的掌声，我将坚定地迈步在人生的长征路上。

英语沙龙上的沉默

程　前

　　昨晚，我去参加了一次所谓的"英语沙龙"。第一次参加这类活动，我抱着强烈的好奇心去，却满怀失落而归。

　　大约七点钟，我就进了会场，找了个靠前的座位坐下。参加活动的人越来越多，很快便坐满了整个会场。一会儿主持人上台，用英语叽里咕噜说了一通，宣布节目开始了。我感到莫名其妙，不是说"英语沙龙"吗？怎么变成了表演节目了呢？这时，妈妈赶来了。她看到我旁边有一个空座位，不管本来有没有人就坐下了，接着便问："别人都有节目了，你怎么没有？"（其实"别人"也没有。）

　　"我不知道！"我干脆地回答。

　　"你在学校不是表演过英语节目吗？把集体的改成个人的，不就行了吗？"

　　"……"

　　"现在就去报一个，这么好的机会，该好好锻炼一下！"

　　我实在没有把握，便摇了摇头。

　　"真没用！"

　　我没有做声，但心里很难过。妈妈总是指责我没有用，还说什么"狗肉上不了正席"，她根本不知道我心里是怎样想的。好像不管我有没有拿手的节目，上台傻站一会儿，出出洋相，就是所谓的勇敢，她反而舒服了。后来，一个"老外"上去讲了一通。妈妈见坐在我旁边的几个高中生举起了手，又极力怂恿我举手。我根本听不懂台上的人在说些什么，便看了妈妈一眼，告诉她我实在听不懂。不想，她却认为我和她对着干，狠狠地说了一句："你再横我，我扇你！"霎时，我的眼泪就像泉水一样涌了出来。为了不让别人看见，我拼命克制着自己。谁知道她更是得"理"不饶人，说：

"听不懂算了，走，回家！"我不想跟她争辩，依然坐在那里，但心里很难过，非常想跟她说："正因为听不懂就要多听，怎么能一步登天呢？"还好，她没再说什么了。可好景不长，一个六七岁的小男孩上台去说了一段英语，非常流畅，明显是练了好长时间的。于是，妈妈又来劲了，大声训斥起来："瞧瞧，连这么小的孩子都不如！你学的啥东西？你还学它干吗？"

回家的路上，她仍喋喋不休："你学英语有好长一段时间了，你好好衡量一下，你都学了些什么东西？……"我心里的委屈积累到了极点，很想和她大吵一架。

不知什么时候，妈妈变成了这样。我们母女之间是不是产生了代沟？我该怎么办呢？

(指导教师：程广耀)

英语，想说爱你不容易

倪　端

中国申奥大获全胜之后，举国上下再次掀起了学习英语的热潮。可很快，便听到抱怨声四起："什么英语呀，太难了，背的单词三天两头就忘了……"

为什么学英语这么难呢？因为，英语是一种太复杂的语言。别急着跟我吵，听我慢慢道来。

一、光怪陆离的词汇。据统计，英语的词汇量大约有500万（天文数字），全天下没人敢站出来说他（她）能认全。还有就是词长，本来用汉语几个字就能表达出来的，英语中就要给你来一个又臭又长繁难无比的词。如"心电图"：electrocardiogram。一看吓死你。这个词是这么来的：electro（电）＋cardio（心脏）＋gram（图表），一下子变成了17个字母组成的词。还有就是词不达意，eggplant是茄子，而不是什么鸡蛋树；pineapple是菠萝，可里面既没有松树pine，更没有苹果apple；还有我们常吃的香肠sausage，里面没有番茄酱，却叫做"番茄酱时代"。这种情况往往会影响学习者，使其认为英语真的很难。

二、字缝中包含的意思太深，误导你没商量。例如monkey business。直译：猴子做生意。猴子能做什么生意？它们只会捣蛋。没错——monkey business的意思就是"胡闹、捣蛋"。

三、英语中的歧义问题。这又是English的一大令人费解之处。连许多英、美学者都说："歧义是我们必须警惕的敌人。"给大家举一个例子：a beautiful dancer。这个词组可以翻译为"一个漂亮的舞蹈演员"。但在这里，beautiful一词又可以用来修饰dancer的dance，也就是说可以译为"一个舞姿翩翩的舞蹈演员"。beautiful一词竟然连歧义都如此艺术。

最后，给大家讲一个有关英语的小笑话：一天，一人坐飞机去旅行。

登机后，看见自己多年不见的好友Jack也在飞机上，便上前打招呼。这一招呼不要紧，飞机上的乘务员立刻按响了警铃。几名警察上来，用手铐将打招呼的人一铐，就带下飞机了。那人究竟说了什么呢？原来，他说："Hi，Jack！"可乘务员理解错了，她以为那人要劫持这架飞机……

学英语是艰难的，郁闷是肯定的，逃避是不行的，吃苦是必要的。因此还希望大家能用一种科学、灵活的方法来"以毒攻毒"。

（指导教师：韩莉）

把握点滴

黄天启

一粒沙里看出一个世界，

一朵花里现出一个天堂。

把无限放在你的手掌上，永恒在一刹那里收藏。

——题记

我们不是强者，我们不是伟人。我们经历着属于自己的生活，我们面对着属于自己的挫折，需要一种力量将我们支撑，需要一种力量陪我们面对。那种力量在哪儿？在哪儿？

我们追逐，探寻……

听，梦想的声音！

休斯说："紧紧抓住梦想/因为梦想若是死亡/生命就像鸟儿折断翅膀/再也不能飞翔。"

一个有梦想的人，不会停止他生命里有力的脚步；一个失去梦想的人，生命已无形。航天员阿姆斯特朗一生最大的梦想就是登上月球，为此他努力奋斗，并最终实现。但当他登月成功后，心中无梦，生命的意义就化成肥皂泡，他惨淡地住进了精神病院。梦想的力量将他送入天堂，离开了梦想，他坠入地狱。一个垂死的病人已丧失了生的希望，生命的颜色苍白凄惨。一个病友向他叙述了病房外的景色，五彩缤纷。对景色，对世界的憧憬让他焕发了生的活力，他奇迹般地活下来。是梦想创造了奇迹。

看，爱的身影！

裴多菲云："我愿意是云朵/是灰色的破旗/在广漠的空中/懒懒地飘来荡去/只要我的爱人/是珊瑚似的夕阳/傍着我苍白的脸/显出鲜艳的辉煌。"

爱，好重要！无法想象没有爱的日子，没有颜色，只有死一般的孤寂。亲人之间的关爱，让我们有力量去迎接来自四面八方的挑战；朋友之间的友爱，让我们有力量去面对无休止的磨难；恋人之间的真爱，让我们有力量去创造更加美好的未来。朋友的祝福，亲人的呵护……是爱拉近了人与人之间的距离，是爱给了我们生活的勇气。

……

力量在心中，在梦里，在爱里……点滴凝聚的力量渺小却伟大，柔弱却坚韧。

"众里寻她千百度，蓦然回首，那人却在灯火阑珊处。"一沙一世界，一花一天堂，去抓住散落在天际的点点力量吧！

（指导教师：何丽丽）

第五部分

缤纷校园

　　那天有个男生"偷"了她的苹果，她忍了，结果那个男生又来"抢"我的苹果，还把我气哭了，她一拍桌子站起来，大声嚷道："你是不是手贱！想找抽啊！别以为你是男生就来欺负女生，我们不是好惹的！"那男生悻悻地走开了，她安慰我："他吃了那个苹果，便宜他了！你不要哭了，你再哭我也要哭了！"说完，她就要"声泪俱下"。我俩抱在一起"哭"，我说："我好惨，损失了一个苹果！"她说："我更惨，还丢了面子！"接着我问她："你为什么要帮我打抱不平？"她笑了笑："我俩可是最好的姐妹啊！"

——王喆《我和同桌的似锦年华》

戏说寄宿生活

张创峰

寄宿的滋味也不全然是艰辛困苦，其实是颇有些意思的。

吃饭的文章颇有做头。倘你不想瘦得猴头马脸的话，除好吃、吃好外，还必须有点"匪气"。那些"难兄难弟们"往往捧着自己的饭盒却盯着你的饭菜，呈扇形一步一步包抄上前。一旦到了有效"攻击"区，只听一声呐喊，接着寒光一片，刀叉匙筷便直直地戳向你的饭盒，此时你唯一的招数是，赶快往嘴里扒拉……

宿舍每每熄灯后总有细声频频，初以为鼠类作祟，大声呵斥之。声音暂息，片刻复起。如此三番五次叫人起疑，当下心中明白几分。于是提了手电筒黑暗里觅声摸过去。找到了，猛地掀被，手电光射过去：果然那人一件背心一条裤衩儿缩成一团，正持美食作鼠啮犬啃状。很快一声呐喊众人下床，赶他到门外，然后开搜，参与者皆有份，任他呼天抢地也无济于事。

睡觉也很有意思。睡觉前总有一番争吵，起初是某两人为某一严肃问题辩论，很快席卷全宿舍，演变为"政治辩论"大风暴。往往分裂成两大派争吵不休，中立者满脸笑容仔细倾听，不时拍掌，以示赞同。

倘若你偶尔失眠，好戏便连台，最妙是鼾声、呓语。人有粗秀面相，鼾声也各有千秋。细细听了，如鸡啼，如山洪，如哭泣，如狂呼……那呓语或作呢喃吟诗作赋，或作幼儿嬉笑撒娇，或向某人索要某物，或喋喋不休辩解不息，或声情并茂唱情歌等等，不一而足。运气好时，可听到妙语连珠，令人捧腹笑作一团；运气不好时，只听得呼号冷笑，唬得毛骨悚然，黑暗里冷汗涔涔。

寄宿生活有苦有乐，不信你来体验一番。

（指导教师：杭小燕）

不 差 钱

卢志芳

我是微机管理员，每天放学后，要把班内微机关了，插座断电了才能走。

周三下午，我正在讲台上操作关闭微机，小胖走过来，小心谨慎地对我说："姐，我今天家里有点急事，爸来车接我了，麻烦你替我当一回值日吧。""行，你去吧！"我二话没说就爽快地答应了。"姐，我也不能让你白干，给你个路费，扫完地就打的回家吧。"说罢，他扔下五元钱，转身就往外跑。我想推脱都来不及，只听他踩得台阶咚咚响地跑下楼去。没办法，只好收下。

帮同学干点活，怎么能要钱呢？拿了钱，这不成了交易吗？让同学知道了多不好啊，再说咱又不是搞勤工俭学的，手头上又不缺钱。望着电脑程序在关闭，心里越想越不是滋味，这钱不能要，明天一定还给他。

第二天，我早早来到教室，小胖还没有来。预备铃响了，小胖才急匆匆地跑进教室。盼啊盼啊，总算下课了，我把小胖叫到走廊上，轻声对他说："值日替你当了，钱不能要，给你！"小胖一听便急了："咋了？姐啊，嫌少啊！要不给你十块，不差钱！""不是，这样不好。""姐啊，咱这是公平交易，你替我当值日，付出了就得有收获，咱就这么定了。""下次，你还让我替啊？""姐，我实话跟你说吧，昨天不是家里有急事，是我急着回家上网去偷菜，时间宝贵，晚了就偷不着了。""原来你是干这个呀！我郑重告诉你：本小姐也不差钱，下次坚决不替！"说罢，我把手上捏着的五块钱狠狠地扔在地上，气呼呼地跑回教室了。

我和同桌的似锦年华

王　喆

　　一直到现在，我都没有忘记我与同桌胡希悦合作做主持人的那次经历。我俩很努力地写串词、准备资料，开场前还在黑板上精心地演示了一番，满以为万无一失。可到了台上，说着说着我却忘了词，她也不知说什么话了，愣了几秒，我俩各自找台阶下，结果是亮相很惊艳，结局很悲惨。

　　事后，我质问她："你怎么不接我的话？"她不服气："你怎么能忘词？"于是我俩谁也不理谁，尽在心里数落对方。我暗暗"发誓"：再不和她玩了！然而，她毕竟是我最好的朋友，再说我并不是真生气，后来便想说一声"对不起"，可又觉得面子上过不去，所以老是没能开口，就这样挨过了一个别扭的晚自习。

　　第二天，我桌上不知何时多了个橘子。我看了看她，她马上把头扭向一边，还一副欲笑不笑的样子。我心知肚明，掰开橘子。在橘子的空隙里，有一张天蓝色的纸条，打开一看，上面写着："对不起！"我微笑着把纸条递给她看，一边说："字嘛，不敢恭维。但认错态度良好，我原谅你了！"说完从包里拿出一个苹果给她，她也很快找到了我刻在苹果上的"对不起"三个字，一口咬下去，样子像饿虎扑食。嘴里嚼着苹果，她含糊有词："我也原谅你了！"结果被噎住了。我给她捶了半天的背，两人一下子又和好如初了。

　　在她生日那天，我花二十元买了一对小猫挂件给她，她收到后的第一反应是震惊，两眼直勾勾地盯着我："这是送我的？""嗯！"我点了点头。她伸出手摸摸我的额头："你没病吧？""没病！"我躲开她的手。"你那么小气的人居然给我买礼物？"她故作惊讶地问。"喂！喂！人家好心给你送礼，你还诅咒人家！好伤心啊！"我装着用手背擦眼泪。"好了好了，宝宝乖，不哭不哭！我给你买糖！"她开起了玩笑。"好，两根棒棒糖！"我立刻喜笑颜开，顺着她的竿子爬。"嘿，你……"她用手指着我竟然语塞。"是你自己说的嘛！"我用狡猾的眼光看着她。"好吧！谁让你是个baby呢？"她两手一摊，做无奈状。"你才是！"我吼道。她笑得东倒西歪，结果被进门的老师全程洞察，一时间脸涨得通红。我小声说："这就叫乐极生悲。"她白了我一眼："你还笑！"这次轮到我笑得东倒西歪了。

那天有个男生"偷"了她的苹果，她忍了，结果那个男生又来"抢"我的苹果，还把我气哭了，她一拍桌子站起来，大声嚷道："你是不是手贱！想找抽啊！别以为你是男生就来欺负女生，我们不是好惹的！"那男生悻悻地走开了，她安慰我："他吃了那个苹果，便宜他了！你不要哭了，你再哭我也要哭了！"说完，她就要"声泪俱下"。我俩抱在一起"哭"，我说："我好惨，损失了一个苹果！"她说："我更惨，还丢了面子！"接着我问她："你为什么要帮我打抱不平？"她笑了笑："我俩可是最好的姐妹啊！"

也许，我和同桌只有三年的时光在一起，但是这段友谊已让我们共同的岁月流光溢彩，无论何时我都会倍加珍惜。

（指导教师：鲁修贤　刘溪林）

085

第五部分　缤纷校园

意外的礼物

孙冰清

上课铃一响，大家便纷纷走进教室。

刚坐下，我感觉口很渴，便在书包中翻找水壶。突然，我的手停住了，书包里，一只淡绿色的盒子映入眼帘，"我可没带什么盒子，难道是哪个男生送的？还是……"我不敢再往下想，心跳加速，脸"唰"地一下红了，滚烫滚烫的。

偏在这时，同桌也看见了那只盒子。她惊讶道："真是奇了怪了！你这个'暴女'竟然也能收到男生的'信物'？"我担心别人听见，忙说："小点声儿！"

"怎么不打开看看？是情书、项链，还是其他的什么？别小气嘛！"

"你欠扁啊！再叫一句试试！"此刻我很烦，不知该如何是好。

"姐姐，我知道错了，请您别打我，姐姐……"她求饶道。

我已无心听她的话，只是小声说："这件事不许告诉别人，听到了没？"

"好，好，我绝对守口如瓶，只字不提！我保证！"

于是，我将那盒子丢在桌子下面，可是不知道怎么的，坐在我后面的同学发现了那只盒子，她叫道："哇，这是什么东西？孙冰清，我帮你打开看看！"我怕被其他同学知道，在我身后说三道四，便失控叫道："别拿，请不要挑战我的极限！"她讨了个没趣儿，便不再理会那盒子了。

放学后，我心事重重地走在路上，想着那该死的盒子不知该怎么处理。最后，我决定将它埋了。回到家，我为了不让爸爸妈妈知道，吃完晚饭就拎着书包跑进房间，将房门严严实实地关上。打开书包，我又看见了那只盒子，那只淡绿色却非常刺眼的盒子。我的心跳又开始加速，"这可是我第一次收到这种东西，是否应该打开这盒子？"我犹豫着，"至少得知道'他'

是谁吧？"我给自己找到了一个理由，手稍稍抬起。这时，我的心更慌了，"我是一个好学生，这件事一旦被老师、家长和同学知道，那会怎么样呢？世上可没有不透风的墙啊！"我的手又缩了回来，手心里全是汗。终于，我咬着牙，把盒子打开，里面是一条小熊项链，旁边还有一张折好的小纸条。

我伸手去拿，却觉得自己的手越来越沉。我的手好几次伸向那张纸条，又好几次不由自主地缩了回来。最终，我紧闭双眼，又一次将手伸向那张纸条，颤抖着将它打开：

This is a gift that I was promised. It is our secret. Please don't tell anyone else. Best wishes for you.

Miss Xiang

——原来，这是实习老师Miss Xiang送我的礼物，还以为……看着眼前这个淡绿色的盒子，我顿时觉得一阵温暖，又有一丝尴尬，更多的是心灵上的relaxing……

（指导教师：张巧英）

校园的故事

马传钰

晚自习快下课了，我扭过头望了望楠。她肯定伤心透了，两只眼睛红得像熟透的桃子。看着她，我心里也像打翻了五味瓶似的，苦辣酸咸一齐涌了上来，泪漫出眼眶。

"铃——"一串铃声掠过。同学们蜂拥着直冲向教室门外，楠也被拥在人群中，走了。

教室里顷刻间就变得空荡荡的了，潮湿的空气裹着寂寞一阵阵向我袭来，我的心也禁不住空落落地难受起来。我低着头胡乱地收拾着桌上凌乱的书本，脑海里却在不停地翻涌着我与楠争吵的一幕：楠憋得发紫的面颊，紧闭着吐不出一个字的嘴唇，孤独无助地被同学们挤出教室时的背影，都让我惭愧不已。

楠是一个内向的人，她不喜欢与人争斗。以至于我对她大吵大闹时，她都一言不发，显出满脸无奈。这次，的确是我错了，错得让我自己都无法原谅自己。我一边往家走，一边揣摩着我的道歉词。

皎洁的月光洒在地上，静静地编织着甜甜的梦。微风阵阵轻抚，一朵朵花儿俏立枝头，轻轻摇曳着，生怕惊碎了这片宁静。

"楠！"我失声叫道。在簇拥着一片绯云的樱花树下，楠站在那儿似乎很久了。"你……怎么在这儿？"我惊奇而又难为情地问道。

"等你呀！"楠笑着说道。从脸上就能看到她心里的痛楚还没有散尽。

"怎么，今天与我磨练了胆量，你就不怕黑了吧？"说完，她咯咯地笑了起来。我却分明看到她眼睛里闪着晶莹的泪花，一朵朵地似乎就要滴落下来。

"对不起！楠，我再也不这样了！对不起，我……"我早已想好的道歉词此时却全忘了。

"别这样，我们是好朋友嘛！"楠竭力装出轻松的样子安慰我，可她的语气里却分明带着几分哭腔。我们的手握在了一起，紧紧地……

　　校园里那棵如绯云般的樱花树上仍然飘散着沁人心脾的清香。微风拂来，花儿们在枝头随风舞动，仿佛在为楠的宽容和大度颔首喝彩……

友情不变

肖静远

写我们的故事需要足够的勇气。

还记得吗？那一年刚下过一场大雪，你兴奋地望着我们一起堆好的小雪人，冲上去抱它，结果用力过度，雪人和你都摔倒了。你栽进雪里，和雪人"合二为一"了。我把你拉出来的时候，你的脸红扑扑的，鼻尖白白的，像挂着个小雪团。我不过才笑了一下，你却"哇"的一声哭了。于是我知道，那么小小的你，就已经知道要面子了，真好玩。

那年春天，柳条轻拂、桃花烂漫的时节，你我都到了淘气的年龄。你拉着我飞奔到操场上，指着那一排双杠对我说："瞧，我能站在那上面，你敢吗？"你灵活地爬了上去，又用两只手抓住双杠，一只脚踩在一边，慢慢站起来，用挑衅的眼神望着我，神气地喊着："来呀，来呀！"我当时真想冲上去把你的小光头拧下来，但是转念一想，那不就等于认输了吗？于是我急急忙忙跑到另一个双杠旁边，学着你的样子往上爬。也许是求胜心切，还没等我上去呢，就"扑通"一声摔了下来。腿和水泥操场地面发生了剧烈碰撞，一阵火辣辣的灼痛。你跑过来一看，大哭起来。我皱着眉头问你："我还没哭呢，你哭什么呀？"你啜泣中断断续续地说："对不起，是我害你的……"我看着你憋红了的小脸，笑了："小样儿，老在我面前哭，真没出息！"没想到你哭得更凶了。几年以后你才告诉我，男生都很在意自己在女生心中的形象的。那认真的样子，让我忍俊不禁。

那一年的盛夏，时间的车轮从身边滚过，我们在校园里看时间和季节投下的飞花暗影。我们都长大了。

那个夏天我们都拼命学习，只为能考到同一所学校。花开的日子，我们都变得优秀了。一起参加即兴演讲比赛，看着你自信满满地侃侃而谈，阳光在你高挺的鼻梁上扑棱着翅膀飞翔，我笑了，这哥们儿还真的挺牛。你在比赛完以后瞪着无辜的眼睛看着我："我演讲的时候你傻笑什么？"我不客气地回敬你："笑你傻。"然后我们在嘻嘻哈哈中捧回大大小小的奖状。

秋天，我们如愿以偿地进入梦中的圣地。我继续努力奋斗，可你却变了。你在一夜之间长高很多，也变得很帅气，在学校耀眼起来。而你的成绩却迅速下滑，开始打架，也被人打。我亲眼看到鲜血从你的嘴角进出。那个染着红发的男子一脚踹在你的胸口，你一个跟跄，所有的骄傲就此倒下。

那些人大骂着走了。我把你扶起来，眼泪夺眶而出："我们努力了这么久，你的目标、你的梦想，你都不要了吗？父母对你的期望，你真的不管不顾了吗？如果我们还是朋友，你就变回去！"

你动了动嘴角："这是你第一次为我哭。"

我没有再听你说下去，转身离开，决定一个人继续向前。

可是第二天见到你，你去理了发，也扯掉了那条骷髅项链。看到我惊讶的表情，你苦笑了一下，说："也许友谊对我来说更重要。"

我在心底高呼万岁。

噩梦般的过往结束了，我们继续过着我们单纯的生活。你说，友情总能帮迷路的人找到方向。

我笑了，是的，时间在变，友情不变。我看到太阳依旧漂亮，为那不变的友情。

091

（指导教师：刘铭）

第五部分　缤纷校园

一起走，不放手

邓 畅

一首歌，听了许多遍仍觉得很有味道，仍会让它在万籁俱寂的深夜里静静流淌过心海，然后想起一个人温暖的面颊或是寂寞的背影，心中涌起一种莫名的温暖。

一封信，读了很多遍仍会心生感动，像晴朗的天空，折射出一片琉璃般微妙的明媚。似乎每一个词都簇拥着欢笑，让人在这淡淡的墨香中酣然沉醉，想起那个阳光明媚的早春和阳光灿烂的你。

一幅画，看了许多次仍会引出一段怀念，怀念某一个暖暖的午后你慵懒的神情，半眯的眼漾着几分清澈，像一只假寐的小猫，待我用炭笔素描你浅浅的微笑。

一张照片，看了许多遍仍会忍不住扬起嘴角，回想我们曾一起手牵着手走着，哼唱着一支唯有彼此才明了的曲调。回想起你说的每一句话和孩子气的表情。

你喜欢叫我"熊"，一个可爱而憨笨的绰号。还记得一次作文课上你在全班同学面前大声喊出，一下子我的脸上染了一片红晕，头埋在臂弯里好久不敢抬头。而你，和其他同学一样笑得东倒西歪。

我喜欢和你一起坐在校园的高处，看校园栅栏外那片繁华的风景。嘴里哼着小曲，淡紫色的风带走了冗杂与喧嚣，留下了清明与纯净。我闭上眼睛静静地听着，心神在不觉之间轻轻荡漾开来。

你喜欢和我一起下楼梯，牵着我的手穿过拥挤的人群。因为我曾说这样我才有安全感，说我们就像空气中的尘埃，一旦找到了一个依附的东西，便会一下子变得安静起来。

我喜欢你坐在我的单车上，一起穿过绿荫和阳光。你的手紧紧抓住我的衣角，沿路飘荡着愉悦的音符。你说"熊你骑得真好"，然后一路走一路摇晃，摇晃出一片青春的明媚。

　　我似乎是一个寡言少语的人，自始至终都是。在你还未走进我的人生时，我的世界只是一片孤独的空白。我总是沉默在喧嚣浮躁的城市间用细腻的蚕丝编织出一片心灵的栖息地；我总是喜欢感受那一片冬末的阳光在泛着余寒的晨曦中舒展开来；我总是背着画夹在幽静的树林中写生，画出小桥流水的优美。

　　然而，当我第一次遇见你，恍然发觉你纯真的笑比一切都更有生命力，恍然发觉原来每个人的心里都有一块最柔软的地方，恍然发觉似乎你便是那个飘然而至的天使，带给我生命一抹艳阳。当我用灌注了情思的笔，写下一首首动情的诗送给你时，看你清澈的眼眸闪烁着明朗的光芒，看你稚嫩的脸晕染开幸福的笑，我便暗暗铭记这一刻永不遗忘。

　　你，是我灵魂的孪生。我们说好的，只要路还在，梦还在，就要一起走，不放手。

我明白了合作

贺　维

告诉你，我唱歌的大名在校内是尽人皆知：刘欢的洪亮加上腾格尔的深沉。这么跟你说吧，《青藏高原》那最后一句，整个学校唯我一人能顶上云霄而且是又亮又脆。这下该对我有所了解不是？

瞧，来啦！庆祝五一节，学校组织合唱比赛，各班成立合唱队。我人未到，就被班长定为第一号队员兼队长。

比赛之前是一段时间的训练。星期六下午，我们被音乐老师召集在一起，接受合唱训练。

"注意，合唱讲究整体配合，个人技术素质再好也必须注意和大家的合作。"音乐老师反反复复地强调。

可音乐声一起，我喉咙一亮就忘掉了老师的要求。音乐老师几乎是手眼并用，我才止住嗓子，和着大家的音调唱了起来。

训练结束后，音乐老师专门留下了我，再一回说到"合作"。

正式比赛开始了，面对台下那么多羡慕的眼睛，我心中一阵激动，竟忘掉了自己是在合唱的队伍中。

于是，高亢激越的男高音立刻穿破合唱队伍，洒向台下的听众的耳中。伴奏乱了，琴声停了，队员慌了，声音跑调了……

一场大家精心准备的比赛，就这样被我给毁了，我成了万恶之首。

"风头出够了吧！"班长吼道。

"你一人唱去！"文娱委员哭了。

……

我的泪水"哗"地流了下来。

我这才明白：一个团体的奋战，缺少了合作仅凭个人的优秀杰出，是没法取得胜利的。

（指导教师：司瑞平）

第六部分

"老班"请我喝咖啡

　　"老班"的做法感染了我，让我学会把怒火压下，省却了往后的不少麻烦。这杯没放糖也不加奶的咖啡是什么味道，只在于你如何去品尝。如果你的方法对了，这杯咖啡的味道有可能让你回味很久很久……

——陈曦《"老班"请我喝咖啡》

架起一座心灵的桥

杜瑞杰

9月26日　阴

都说做人难，我说做老一难，做我们"老班"的老一更是难上加难。

"老班"我想和你说，虽然我能考第一，虽然我惭愧地被你封为"老一"，但我不是你想的那么无所不能。

当你不由分说地就把校运会开幕式上班级入场词交给我写的时候，我立马就蒙了。我脑子里这点墨水哪写得出华丽的入场词啊！我感激你为此赦免了我参加旗队训练的苦差事，可你知道吗，我宁肯和他们一起举着旗子迈正步！

"老班"我知道这些日子你的辛苦，你的嗓子都喊哑了，我们都很心疼你。但是你不该冲我发脾气，写不出入场词不是我的错——你想说我当时为什么不拒绝？你也不想想，以你的秉性，容我说"不"吗？

我说这些你不会生气吧？别忘了是谁说的——"日记是沟通你我的桥，我们天天可以鹊桥会"。

批语：我的确曾经很生气，谁让你自食其言呢！说好了晚自习前给我，到晚休也没个影儿……现在我不生气啦，得替你写入场词。

9月27日　阴转晴

开幕式在霏霏细雨中结束了。我们班的入场词写得气贯长虹、文采斐然。不用问，肯定是"老班"的手笔了。不知昨晚他又熬到几点了，我的心里忽然有些发酸，是我害了他。

"嘿，老一！"

"老班"不知什么时候站在身后，在我肩上拍了一把。

"别吊着个苦瓜脸了，累不累啊？"

"老班"这是怎么了？抬头看看天，太阳没从西边出来，倒是在云层里飞快地跑。

"昨天我太急了，冲你发了火，别介意哦！""老班"说得很郑重。

我的眼泪不争气地涌出来了，幸好太阳这时破云而出，我顺势假装被刺了眼，仰头看天。天上没有彩虹桥，桥在心里。

补　记

丫丫嘴问我：你说是"老班"影响了天气呢，还是天气影响了"老班"的脸啊？

我说："老班"是你的神，当然是天气听他的了。

我没有说，走过天桥的"老班"也成了我心里的神。

批语：逼我给你道了歉，开心了吧臭小子？不过我也挺开心呢，今天又架了一座桥，谢啦！

"老班"请我喝咖啡

陈　曦

"又怎么啦？"

"唉，快要被'老班'请去喝咖啡了。"

我们称被班主任请到办公室进行"思想教育"为喝咖啡。但是，又有谁能够真正喝出咖啡的味道呢？

记得初一时，具有"火山型"脾气的我，有一次被同班的一个男生惹急了，便伸脚一踹，把他的桌子踹成"中场休息状"，闹得整个班挺乱的。结果当然是被"老班"请去喝咖啡了。

那个男生是"先头部队"，先当了炮灰……当他再进教室的时候，眼睛红得厉害。我心里想，看来这咖啡里没加糖。轮到我了，心想："好汉不吃眼前亏"，我决定先认错。

"陈曦，你又怎么了？"一向面部神经比钢还硬的"老班"，此刻却绽放着笑容。这让我瞬间有一种先准备好感冒药再来就好了的念头。

"刚才火气太大了，一阵子脑充血，把教室给搞乱了，我错了！"

"嗯，态度蛮诚恳，很好。知道吗，学校正在选评优秀团干部。""老班"的一句话又让我体会到珍珠港被袭的感觉。

"什么意思？偏偏在这个节骨眼上……咳！"我心想，"惨了，惨了，这回名花易主了！"

"咱班我打算推选你，你看怎么样？"

"啊？老师你要选我啊？可是我刚刚……"我对这种结局感到意外。

"有什么不对吗？""老班"还是那副笑脸。

我深吸一口气，也笑着回答："没有。"

"那你先回去吧！"

回到座位上，我的笑容让同桌吓了一跳，她还以为我被骂傻了呢！

"老班"的做法感染了我，让我学会把怒火压下，省却了往后的不少麻烦。这杯没放糖也不加奶的咖啡是什么味道，只在于你如何去品尝。如果你的方法对了，这杯咖啡的味道有可能让你回味很久很久……

　　"今天又要去喝咖啡吗？"同桌问我。

　　"嘿嘿，快了。为我祈祷吧！"我答道。

第六部分 『老班』请我喝咖啡

我相信你

郭云晗

我不否认自己的生活挺失败的。做事总是迷迷糊糊，粗心大意，丢三落四，缺少稳重。

"……最近上课精力很不集中，不知道你在想些什么！"这已经是被第三位老师叫进办公室了，但愿"老班"还不知道。

说起"老班"，我忍不住咋了咋舌头。这位"老班"可不是好惹的。一头泡面似的大卷发，像被化妆品漂白过的脸，大大咧咧的性格……虽然平时我们私交很好，但我还是很怕她。外面，小雨淅淅沥沥地下着。

其实我早已习惯了，习惯了每次成绩稍有下滑就被"请到办公室喝茶"，外加一份"报告"。那"报告"真是够长，千篇一律的训斥又乘以无数倍，足以让人倒胃口。所以一听"报告"，心中就会感叹：唐僧，看来你还差得远呢！

刚开始心里还会难受，但时间一长，那些话对我不但没有帮助，还产生了"副作用"，让我有了"抗药性"。我表面上点头哈腰地说是，但心里早就不是那么想了。

我料到会被再一次叫到办公室。"老班"面带笑容地对我说："成绩虽然退步了，但浮动也不是很大。继续努力，回去吧。"看着她笑容满面的脸，我怀疑这是一场阴谋。

"就这些？不批评？为什么？"我压低声音问。

"因为，我相信你。仅此而已。"

我第一次明白，原来笑着流泪也是一种幸福。

我一直以为，没有老师会说这句话，也没有老师愿意对我说。因为这看似简单的四个字中，包含的不仅仅是一种希望，而且是一颗爱心。

我的世界停了雨。

在那之后，即使未来可能会更加困难，但是我有了一直走下去的勇气。因为我知道，那句"我相信你"是对我最大的鼓励。

我相信，我的生活从此改变。

（指导教师：李宏伟）

第六部分 『老班』请我喝咖啡

邂逅初三

易杰

说真的，近来的学习很苦，也很累。每天都是早出晚归，有时甚至要通宵达旦地复习功课，并且还要必须保证第二天上课不能迟到。

或许是变化得太快，使我对初三的学习生活还不够了解；或许是习惯得过早，使我对初三的学习生活已经麻木。总之，我好像成了没有思维的机器人，机械地重复着每天的学习和生活，往昔无忧无虑的感觉似乎早已被抛到九霄云外，再也无法追忆。

如今属于自己的时间少得可怜，不过也只有这样，才会让我知道时间很宝贵，应该去珍惜。以前荒废了学业、漫不经心虚度的光阴，现在想来真的是幼稚无比。不想去后悔，因为从有意识地开始四处漂泊到不知不觉大彻大悟，是人生伟大的转折。

回忆过去总是有太多的遗憾，凌乱得实在是不堪回首；而展望未来又太过遥远，都是那样虚幻那样可望而不可即。于是我把握现在，但老是力不从心、情不自禁地出现大片大片突如其来的空洞，以至于一向比较沉着冷静的我都措手不及。

有一段时间我处在低谷，几乎到了绝望的地步，坚信自己很笨很傻很无知，后来发现自己这样想才真的是很笨很傻很无知，那是因为我看到了傅雷对他儿子语重心长地说过一段话，大致的内容是这样的：

> 只要高潮不过分使你紧张，低潮不过分使你颓废，就好了。太阳太强烈，会把五谷晒焦；雨水过猛，也会淹死庄稼。我们只求心理相当平衡，不至于受伤而已。

话很短，但意味深长。就这么简单，读懂的同时我也想通了，没必要太在乎学习生活中一些微不足道的事，否则加上四面八方不约而同而来的压力，那就不仅仅是单纯的心烦意乱了，那样的后果不堪设想。

最后想说一下月考。所谓月考，就是月月考。话说"分不在高，及格就行"，其实不然，月考就是为了公平地证明某些东西，如果你刻意地去逃避，反而更容易让别人证明了某些东西。所以平日不喜欢此类考试的我对这项权威性的举措还是没有什么异议的。对于月考，我想我还是会全力以赴的。

后记：总的来说，这一段时间的我相对于初二有了比较明显的进步。虽然有些方面还是无法做到天衣无缝、完美无缺，但至少不会再目空一切。昨天做操的时候，喜欢叛逆的我实在是按捺不住，花拳绣腿了一番，意想不到的是老师在对面已经把这一切看得清清楚楚。于是我想那时我要是知道老师在对面，就不会如此放肆。其实我还是错了，而且一错再错。直到事后老师找到我，我才知道，有些东西不能因为有了老师的存在而小心翼翼地刻意收敛，这些东西应该在任何情况下都保持着沉默，而不应该在某些场合"爆发"出来。

（指导教师：景宏业）

第七部分

行走着，思考着

　　刚刚到达西安，便有一种难以抗拒的古韵扑面而来，靛青的城砖、古朴的城门、喧闹的街市与我曾在脑海中多次幻想过的景象瞬间重合，还原了一个真切的古城。虽然是冬日，不见百花争艳、国色天香，却有着一种独特的萧瑟和冷峻，为城墙添加了几分厚重的历史感。抚摸岁月打磨过的沧桑，我对这个"自古帝王都"的城市再次充满了好奇与幻想。

——王睿《又见长安城》

又见长安城

王　睿

　　"长安大道连狭斜，青牛白马七香车。"这是诗人卢照邻对长安繁华都市景象的描写。前年冬天，我有幸来到"七大古城"之一的西安，与一个十余代王朝的都城对话，穿越曾经的大唐盛世。

　　刚刚到达西安，便有一种难以抗拒的古韵扑面而来，靛青的城砖、古朴的城门、喧闹的街市与我曾在脑海中多次幻想过的景象瞬间重合，还原了一个真切的古城。虽然是冬日，不见百花争艳、国色天香，却有着一种独特的萧瑟和冷峻，为城墙添加了几分厚重的历史感。抚摸岁月打磨过的沧桑，我对这个"自古帝王都"的城市再次充满了好奇与幻想。

　　一个盛世的繁荣程度往往体现在帝王奢华的享乐之地，如华清池，骊山脚下豪华的别苑依稀犹在，池水依旧清澈温热，却早已不见了逝去的容颜。"春寒赐浴华清池，温泉水滑洗凝脂。"唐明皇与杨玉环的爱情悲剧，湮没在千年的岁月中。不知皇帝佳人昔日沐浴赏景之时，是否曾想过他日铁蹄践踏繁华的长安城，是否预料到马嵬坡前的香消玉殒，又是否想到千年后会有无数如我一般的游人，在这一池清水边拼凑千年前的碎片。"天长地久有时尽，此恨绵绵无绝期。"我无法同文人墨客一般用凄美决绝的文字感叹这一切，只好把它当做一番错位的思考，当做盛世唐朝无可比拟的辉煌的缩影。

　　告别伤怀的华清池，再去大雁塔中感受盛唐佛教之盛。珍贵的唐代佛像，古老的贝叶真经，这里的一厘一毫都价值连城。这是玄奘法师从印度取经回来后专门译经和藏经的地方，虽已年事久远，却依旧可以想象这里"千僧开光"的盛大场面。登上这座经历千年风霜仍岿然屹立的建筑，一时目及四野，"高标跨苍穹，烈风无时休"（杜甫《同诸公登慈恩寺塔》）。风不停地从开着的塔窗中涌进来，就这样吹了千年。只不过杜甫当年登塔之时，塔下应是盛世唐朝喧嚣繁华的街市，而当千年后的我站在这里，视线所及完全是一个现代化的大都市。穿越两种完全不同的繁华的我，真切地感受到了古典与现代的完美融合。

的确，今日的西安早已发展成为一个经济发达的都会城市。暮鼓晨钟还在耳畔回响，而钟鼓楼下穿梭的，早已是快节奏的车流。百年老店的旗号，开元广场的繁华，步行街的喧闹，高楼大厦的鳞次栉比，这些无不昭示着这个城市的发展。电脑城、名品店，还有正在铺建的地铁，也都标志着一个都市的繁荣富强。今日的西安虽不同于盛唐长安，但却和千年前一样吸引着各国的商人、游人流连忘返。不仅如此，西安的文化和经济的腾飞，优质高效的人才辈出和科学技术的日新月异，也如千年兵马俑一般吸引着无数人的目光。而那些古老的城迹，仿佛被悄然遗忘在历史的长河中，安然地矗立着，像千年来的日日夜夜一样，守护着一个盛世永恒的记忆。

历史还在继续，辉煌与繁荣在这片古老的土地上正勃发着新的力量。透过厚重的城门，我看见古老而充满活力的长安，正一步一步走向更加辉煌的盛世！

（指导教师：聂虹）

时光煮成一壶茶

江 锦

在周庄，时光仿佛变成了一壶茶，清香而久远，丝丝缕缕散落在摇曳的灯笼上、古朴的拱桥上、流动的杨柳上，勾住你的目光。

游周庄，不得不吟诵"小桥流水人家"的诗句。周庄的每一座桥都是婀娜优美的曲线争奇斗艳的表现。如弦月，朗朗贯穿苍穹，飞夺两岸拂柳；如黛眉，青黑的石板承载了眉宇间的岁月，似在舒展，又似颦蹙；似弯弓，极具张力的弓身似乎要射下星辰灯火之光，送入与它相依的小河中……周庄的桥，是有喜怒哀乐等情感的，像是美人点红的唇，唇角那么一弯，便把魂儿勾了去。

如果桥是勾魂的樱唇，那么流水便是秋波流转的明眸。灯笼渐亮之时，整条小河都泛晃着如梦似魅的墨色，而那墨色中又闪烁着湿漉漉的光影。而流苏灯笼火红的影，令整条河骤然温度升高，虽静谧但不显清冷。小河上漾着白晃晃的波光，它们优哉地起伏，似是眼眸中若隐若现的神采。一排排暖橙色的小灯，一排排绿得澄澈的垂柳，一排排陈列琳琅的店铺，环抱了小河，热闹而不嘈杂，小河反而愈显安宁祥和。那感觉，正像品茗，当茶水煮沸，火苗跳跃之时，茶香愈发浓郁四溢，清甜了心灵。小河伴着拱桥，柔柔地在周庄流淌，滋润了这方水土，滋润了人们的心田。

周庄荡漾着当年的繁华。这里居民的房子，全是黑色的屋檐、白色的墙。当然，黑，黑得庄重沉稳，在岁月中，那份属于周庄房屋的浪漫，便被那黑色呵护住，没有流失一星半点儿，扎了根，用沉默诉说古老的故事。白，白得柔美温和，像是一双白皙的玉手在灵巧地塑造着浪漫。干净明朗如白玉的墙体，洗尽了铅华，朴素中注满韵味。周庄人住在这样的房屋里，每天早上打开窗迎接晨曦，眼中尽是诗情画意。周庄人驶着乌篷船来来往往，竹篙拨弄着宁静与浪漫，如茶匙追逐着打转儿的茶叶。生意人的招呼声，桌椅碗筷声，说笑阔谈声，其乐融融，融入了周庄这个紫砂壶里，漫步青石板上的时光煮出了这壶茶。

爱煞这般良辰美景，心跳都不由得变得悠缓，和着周庄的节奏，浅吟低唱。时光在这里被采摘，有着刚刚采摘的新鲜，却也有岁月中的悠久，那些时光，都是周庄积淀的精华。

（指导教师：潘洁）

水乡情韵

林逸梅

有人说，江南水乡总是千篇一律，看着看着便厌烦了，我说，那是因为你未曾细细品味。那水乡的一隅呵，深藏在我心灵的柔软处。

"烟柳深处人家，小桥流水苔滑。亭台水榭红灯，篷船笑语喧哗。"绍兴的水乡大约就是这样的吧。坐在小小的乌篷船中，惬意地趴在乌篷上，看着船夫撑着篙，缓缓地在并不宽敞的河道中轻晃着前行……沿岸是长长的过廊，檐角上挂着一个个大红灯笼，为这恬静的气氛平添了一份喜气。过廊内的墙上、顶棚上倒映了玲珑的水波，似也粼粼地晃动起来，仿佛这一切的景物都融在了水中……

上了岸，踏进古旧的小巷，在青石板铺成的小路上漫步，恍惚间就迷失了方向。坐在院前矮凳上的阿婆在那淡淡的阳光下细细地绣着锦缎鞋面。我上前问路，阿婆操着一口温软的绍兴方言，不疾不徐地告诉我该如何走。于是，绍兴于我来说，便是温润如玉，又似那阿婆一般优哉游哉，那么，这儿的时间一定也是不疾不徐，悠悠地打个漩儿再消逝不见了罢！

"垂杨不断接残芜，雁齿虹桥俨画图。也是销金一锅子，故应唤作瘦西湖。"游瘦西湖时，所感受到的又是另一番韵味了。同是一叶小舟，却是在开阔的湖面上飘荡，微微晃动着，节奏韵律颇有些摇篮的感觉，却又不似摇篮般令人欲睡，若要说像，就像是看似贤淑的大家闺秀，可骨子里又透出那么一丝顽皮。

细细品味那些个水乡，我所钟爱的是绍兴那温吞吞的细腻触感。而绍兴于我正如庄周梦蝶一般，不知是我留恋那水乡，还是她想留下我，至少，她停留了我的脚步。

那日，没有细雨，没有轻雾，没有酒旗山郭，只是在那淡淡的阳光下，窄窄的河道中，古朴的小巷里，一颗心遗落在了水乡的一隅。

（指导教师：俞青青）

回忆之湾

陈冬妮

　　香港对于我来说从来就不是一个陌生的地方。记得第一次跟随母亲来到这个被称为"东方之珠"的城市，是为了探望当时在异地工作的父亲。在我们到达后不久，父亲便抽出半天假期，带着全家前往香港浅水湾游览。

　　浅水湾号称"天下第一湾"，坐落在香港南边，水清沙暖，风光无限。在一片巍峨耸立的山峰的映衬下，它尽显海的平坦与开阔，极富视觉落差感。浅水湾一带是有名的富人聚居区，许多别具特色的豪华建筑耸立于此。浅水湾仿佛闹市里的桃源仙境，却又未完全归隐。

　　我一路兴致勃勃地透过车窗欣赏风景。在通过一段盘旋上行的山路后向下鸟瞰，浅水湾在繁枝茂叶的掩映下隐约可见，犹如纯净通透的蓝宝石，镶嵌在三面青山的怀抱中。这如梦似幻的一瞥，便是我与浅水湾的初次邂逅。

　　不多时，我便已经脚踩着松软的细沙，置身于浅水湾旁。这是我第一次亲眼看见大海，第一次亲身接触这个生命初始的地方。海面是那么的壮丽，无边无垠地向远方蔓延伸展，直到与天际相连。两种不同的蓝完美地融合在一起，再也分不清彼此，仿佛纯色的幕布从晴空泻下，一直铺陈到脚边。眼前的海天一色，不仅气吞山河，更令人感受到包容一切的胸襟与摄人心魄的力量。

　　来自孩童的天性使我和浅水湾很快亲近起来。从此之后，只要我来到香港，浅水湾总是必不可少的目的地。有时与冲上岸的海浪嬉戏，用脚丫溅起晶莹的涟漪；有时在沙滩上捡贝壳，串成一条条美丽的饰品；而更多时候，我醉心于自己的"沙雕创作"，拿着小铲子堆起一座又一座小山丘，乐此不疲地重复着在大人眼中毫无意义的工作。或许自娱自乐便是孩子最大的特性，我就这么旁若无人地来来回回独自奔忙，用最自然的工具制造最纯粹的快乐，随心所欲地把一串串无忧的开怀大笑融化在远处涛声里。

后来，我便常常整天整天地待在海边，任波浪冲刷尽车水马龙的喧嚣，任海风吹拂走不断流逝的时光。无论是艳阳高照，还是斜风细雨，浅水湾都令我有"不须归"的感觉。究竟去过多少次浅水湾，恐怕已难以计数，然而奇怪的是，尽管每每到达的都是同样的地点，面对的都是同样的景色，我却从未感觉一丝一毫的厌倦。在我眼中，浅水湾不是什么所谓的"东方夏威夷"，不是蜚声中外的豪华住宅区，它之于我，只是一个天然的游乐场。在每一次完全沉醉的瞬间，浅水湾，只属于我。

记得总是到落日开始西沉，终于玩累的我才喘着粗气一屁股坐到父母身边，看晚霞在空中添上一抹抹玫瑰般娇艳的浓色。粼粼细浪从容地微微起伏，暮光倾斜，耀眼的金黄便在浪尖起舞，灵动而美好。沙滩上常常只余寥寥数人，一切都无比沉静，唯有咸咸的海风拂过耳际，留下温软恬适的气息。父母亲总会分坐在我的两侧，有一搭没一搭地聊着些父亲不在家时发生的琐事。浓重的暮色使我有些看不清他们的脸，但那种久违的亲情与温馨却使我心中充满着不可名状的欢愉。

然而，随着父亲回到上海，我频繁的香港之行也告一段落。空间上的遥远，就这样如此轻易地分离了我和我的乐土。在与上一次旅程相隔四年之后，我曾跟随旅行团去过一次浅水湾。但脚下的沙已不复记忆中柔软，海也不复记忆中湛蓝，游人却愈发多了起来，阵阵喧闹不时冲散我零碎的思绪。或许是因为父亲如今已近在咫尺，或许是因为年幼时好动贪玩的热情正在逐渐消退，总之，时过境迁，物是人非，恐怕我再也无法在现实中寻回它原来的样子了。

但人对于某些地方总怀有一种固执的情感。即使今日的浅水湾已无法给我最初的快乐和感动，然而它在我心目中依然无可取代。浅水湾早已幻化为无数美好的过往，与童年一起深藏在心底的某个角落。尽管时光不待，但它将长存于记忆里，永远不会因为岁月的流逝而失落。

（指导教师：李庭庭）

在美国的收获

戚 航

11月，我们在老师的带领下前往美国参加普林斯顿大学的数学邀请赛，同时参观了一些著名的高中和大学，所遇所见，感慨颇多，随手写下这些文字。

——题记

这天，我们前往菲尔普斯高中参观。这是全美最好的三所高中之一。我们流连于偌大的图书馆、体育馆，惊讶于这里校园文化的丰富多彩。忽然，耳边传来悠悠的乐声，这声音怎么这么亲切、耳熟？向导见我们满脸诧异，微笑着告诉我们，下面也许是你们最感兴趣的地方——中文教室。

中文教室？我们急切地推开教室门，一时间，我简直不敢相信自己现在正身处美国：教室不大，但布置得十分雅致。课桌和墙壁的颜色以红、金为主，天花板的边缘镶着镂花木架，后墙上贴着繁体字写成的中国各朝代的名称，左侧墙上挂着一支箫，右侧墙上挂着一幅书法，上面写着四个刚劲有力的大字：厚德载物。若不是看见那些金发碧眼的学生，我决不会相信这是在异国他乡。

老师见了我们，只是微微一笑，继续上课。她似乎在给学生介绍一些中国乐器，桌上放着琵琶、笛子。这时，她又从柜子里取出一截长长的木头，中间稍微突起，上面配着几根弦。这是什么？古筝还是古琴？一时间我还真说不上来。看看我的几个同学，他们也是面面相觑，不知如何作答。我心里暗暗紧张，生怕那些外国学生来问我们，那样的话，岂不是要贻笑大方！幸好，那位老师继续讲道："这是古琴，中国古代最有名的乐器之一，也是最古老的弹拨乐器之一。著名的曲子有《梅花三弄》《平沙落雁》等。"这是我第一次看到古琴，更是第一次听说关于古琴的历史。不仅是那些外国学生，连我们也听得入神。说到兴头上，老师还拿出一盘CD，放起了古琴曲。悠扬舒缓的琴声中，我第一次静下心来，重新品味这段已被我们淡忘的乐曲和文化……

普林斯顿大学的草坪上，迎面走来两个美国女孩，我们随意攀谈了几句。突然，其中一位用流利的汉语问道："你们是中国人吗？"一时间，我愣住了。这么流利的中文？我简直不敢相信。我连忙点头。那两个女孩见问对了，很是兴奋，又知道我们来自上海，急急地用中文问东问西的。"北京的四合院、上海的刘翔、中国的变化……"我惊讶于她们对中国的了解和兴趣。一位女孩还告诉我们，她们学校有很多同学像她一样，对中国感兴趣。她还打算利用明年的假期去中国看看，看看那片孕育了几千年文明的国度。我们的心，此刻被她们的话所震撼。

在之后几天的参观游览中，我亲眼在华尔街的金牛像前看到飘扬着的五星红旗；耳边时常传来亲切而略显生硬的"你好"；商场超市里随处可见"Made in China"。每一个瞬间，心中都有小小的惊讶与骄傲。

返程途中，看到自己写满英文的日记，不禁有些愧疚。从小，语文就被我认为是一门不能拉开分数的学科，总被我忽视。英语和数学几乎占据了我所有的学习时间。我还是在备考英语中级口译的时候第一次听说了《牡丹亭》，知道了昆曲是世界上保存至今最古老的戏曲；在听《空中英语教室》的过程中，知道原来"松鼠鳜鱼"是一道菜名，中国的饮食文化是这样的博大精深……其实，我身边的许多同学不都是这样吗？又有多少中国孩子了解自己的民族文化？相比那些外国老师和学生，我们扪心自问，谁能保证，我们对自己的文化懂得比他们多呢……或许，这才是我去美国的最大收获吧！

（指导教师：陈彤）

凤凰古镇记游

夏志禹

对于喜欢旅游的家庭来说，"十一"黄金周是绝好的时机。我们估计是中国众多此类家庭中最具代表性的一家：前年登长城，老老小小做了一回"好汉"；去年下三峡，个个又迷恋上了"神女"。日历在不经意间又翻到了"十一"，出游又提上了家庭议事日程，苦恼的只是该去哪里。争论再三，最后还是爸爸发了话："我看这样吧，咱们到电脑上搜索一下中国最值得一游的古镇，然后在其中抓阄儿吧。"

于是，凤凰古镇便成了我们此行的目的地……

凤凰是一个古镇，镇上到处都充满了"古"的味道。起个大早，走进古镇，一层薄雾正在镇中游戏，还不时调皮地漫到我的头上，轻抚我的脸颊，躲到我的身后……雾中看古镇，如同一个仙境，那梦幻般的感觉我从来没有过：我惊疑自己是不是已经穿越时空隧道，做了一回和古镇血脉相依的古人。走在青石板拼成的湿漉漉的小路上，打量着古镇老人的容颜，你不由得沉醉、遐思……感觉一切都是那么轻松自在，可是我们依旧脚步轻轻，生怕惊醒古镇那个做了不知道多少年的梦。

沿着弯曲绵延的石路走着，每绕过一个弯口，总会有惊喜等着你。我绕过一个弯口后，看到的是一条宽阔的大河，河边泊着一条条木船。走近岸边，河水清澈见底，水草在河底轻轻摆动，美丽的水韵撩拨着我们的心。我们迫不及待地上了一条船。船夫是一个四十来岁的中年男子，穿一件洗得有点泛白的蓝衬衣，戴着草帽。船动了，行进在两岸都是吊脚楼的河道中。我们看炊烟袅袅，听自然天籁，真是"人在水上行，如在画中走"。水面激起的涟漪模糊了我们的倒影，这时我才发现太阳已经在古镇上空升起了。前方漂来一只竹筏，上面站着一个女孩子，穿着苗族的衣服，正向我们招手。我们有些诧异，听了船夫的介绍，才知道这是专门来和我们对歌的阿妹。女孩子开始亮出她动人的嗓子了，尽管听不太明白她的唱词，但是从合辙押韵的旋律和她写满阳光的脸上，我能感觉到她从心底溢出的热情。大人们都跃跃欲试，于是便有人和上了："哎……凤凰古镇美哟！……凤凰姑娘俊哟！……"于是笑声和歌声便和着船桨击水声奏出了美妙的交响曲……

上岸后，我们在一个茶楼的走廊上休息，那里有专门为游客们准备的苗族服装，不要钱，随便试穿，为的是让我们留个纪念。我和妈妈还有许多同行的旅客都去试穿了，但是都穿不出那种感觉。我这才发现原来我们少了许多东西，少了他们自然的微笑，少了他们被太阳晒得黝黑的皮肤，更少了他们特有的那份单纯和朴实。我不禁在心头念叨：凤凰，你以你的山水眷顾了这么纯净的儿女，谢谢你！

在出镇的路上，我看到一个和我年龄相仿的女孩，她面前的箩筐里的饰品很漂亮，便想买一个，一问价却把我吓了一跳。我想，大家都见过那种用绳子编起来的里面夹了一个银饰的手镯吧，一般十多块钱一个，而她一个仅卖三块钱。我问她："这是真银吗？"她笑着摇摇头。"这是你亲手编的？"她又笑着点点头，然后把她手中那个还没编完的拿给我看。如此诚实的卖家在旅游胜地还真是少见，加上难以挑出瑕疵的手工，我毫不犹豫地挑了三条，付钱时又看见她憨厚纯朴的笑。我看见过那么多笑脸，但是如此打动人心的笑还是第一次遇到……

虽已别古镇，但古镇却一直以它美妙绝伦的自然风光、流光溢彩的民俗风情荡涤着我的心灵，那里的人、那里的物，还时常进入我的梦境，讲述着我们一家抓阄儿抓出的"美丽"！

（指导教师：聂强）

116

聆听凝固的旋律

邱筱爽

　　飞檐翘角，黑瓦白脊，气势恢宏，恩施土司城的建筑充满着民族气息，让我流连忘返。

　　走进土司城正是百花齐放的春天，有桃花娇嫩的粉、茶花纯洁的白，还有满山的翠绿。在姹紫嫣红间，在灿烂的阳光下，那一座座极富民族特色的建筑更为醒目。

　　走到九进堂前，大门红色的外观上有白色的点缀，透出土家人特有的豪迈与奔放，墙壁上的白虎图腾展现了土家人的勇敢与粗犷。抬头一望，那错落有致的黑瓦白脊与飞檐铺排，给人强烈的视觉冲击。远远看去，那些檐角上白色的龙与凤好像要一飞冲天。还有些檐角像一双张开的臂膀或一对展开的羽翼，让原本刻板的建筑灵动起来。

　　九进堂里的木制戏台上正跳着土家摆手舞，伴着摆手舞隆隆的鼓声，我们登上了九进堂最高的楼阁。本以为在这里可以看到九进堂的全貌，却没想到，那些错落的屋檐挡住了视线，偌大的戏台都被遮住了，不少同学走下了楼看戏，一些同学拿起相机拍起了美景。我这才惊讶地发现，檐角的雕刻并不精美，工匠只是稍稍塑了大体的形状，龙的胡须、鳞甲，凤的羽毛、眼珠都没有雕刻，不知为何，这些近看粗糙的龙凤在远处看竟栩栩如生！脑海里不禁浮现出北京故宫的飞檐，雕琢极为精细，但相比之下却少了土司城的这份生动与活泼呢！我不由得赞叹：原来粗犷的土家人也明白"花未全开月未圆"之美啊！

　　九进堂内的装饰也极具特色。比如小姐的闺房"芹香阁"并没有金砖玉瓦，只有木头做的柱子、窗户、床、桌椅，却也体现出了华贵。你看那张高大的木床，床头上雕刻着各种花纹，有镂空也有浮雕，就像床头盛开着一朵朵"木头花"。在我看来，这样的房间并不比金銮殿逊色，这是土家人的创意——在质朴中展现华丽。

　　还有那绘着五彩图画的苗亭，简洁实用的土家吊脚楼，矗立在土司长城上的钟楼……都说建筑是凝固的音乐，这恩施土司城的建筑，简约中透出华丽，平凡中展现美丽，没有金碧辉煌却依然气势恢宏、雍容华贵。我想：它一定是土家山歌吧，高亢嘹亮又不失婉转悠扬，道尽土家人的心、土家人的情、土家人的秉性——勇敢与豪迈。这样的旋律一直回荡在我心间，高远而悠长……

（指导教师：罗中伟）

凤凰之晨

王楚奕

见过红日浮海、天地如丹的气概，见过日照金顶、云蒸霞蔚的豪情，见过都市初醒的碌碌，见过茅店鸡鸣的安静，而最难忘的还是凤凰之晨。

凤凰是一座湘西小城，山拥着，水傍着。凤凰的美在于一份迷幻。

当洗衣的"梆梆"声将你从睡梦中敲醒，便如京剧开幕的锣鼓般，敲开了新的一天。不过，槌衣声比起锣鼓音来，少了几分威逼，多了几分慵懒。凤凰人就在槌洗声中，迎接清晨的第一缕阳光，人和声都是慵慵的。

凤凰的曙光是迷幻的，是朦胧的，像一个幼稚的孩子，目睹这令人茫然的世界，不知所措，却又心驰神往。这也不错，几千年的苗人聚居之地，几千年不变的古老习俗，对于初露的晨曦，是太古老了，难怪这乍到的新阳，也怯场起来，不肯快快地明亮，只是在昏暗与明朗间徘徊。

早起的大白鹅无所谓这氤氲的晨雾，兴致勃勃地跑出来，趁着沱江上的船还泊着，享受享受水面的宁静。水纹里影子尚不甚清楚，它们却兴奋地顾影自怜了。早就习惯了祖祖辈辈将窝儿安在这块地上，祖祖辈辈就着昏昏的晨光照镜子，不也挺好吗？

日光终于告别了羞涩，渐渐升高了，不过依旧迟缓。不知是对这千年古城有所礼让，不肯一下子高居宝座，还是眷恋这朦胧的晨景，不忍心一下子破坏了它。总之，是轻缓地向上浮游，不急不忙，管它到地老到天荒。

城墙是湿润的，仿佛不肯因这朝阳燥热起来。也许，几千年风风雨雨，城墙上浸透了太多的鲜血，永远干不了了。倚在城墙上，望着渐明的沱江，想起《边城》中的主人公翠翠，便急于四处寻觅她的芳踪，可茫茫人海中哪里去找呢？

沱江如镜，似乎停滞。孔子曾在川上曰"逝者如斯夫"，那么，这不流的江，大概也就应了时间的凝固吧。这千年的故事，也就在凝固的光阴中永恒了。

　　太阳终于升高了，古老的城被炽烈的阳光洗尽，一切又重回现实，明朗、轻浮。

　　这迷幻的，凤凰的晨。

江南，触动了我的心灵

王 翔

一条长江，分开了南北，从此，江北有了豪爽，江南添了含蓄。江南江北就这样揉成了中国既对峙又融洽的兄妹。哥哥在江北的广袤平原上，妹妹在江南的烟波水乡里。黄土黄，是世世代代的纯朴豪放；青水青，是那江南祖祖辈辈的悠然淡雅，荡漾着千年的风华。

不是南方的儿女，却恋上了江南的景物。好像有时自己在丛丛的芦苇中，站在船头，轻声吟着"所谓伊人，在水一方"；或是站在青石桥上，看着绿水之上行着的乌篷船，划出的浪纹在向两岸荡漾。就好像黑瓦白墙临于绿水之上的是我的家，那吴侬暖语自醉人的是我的话。

江南每一处景都是一幅淡墨轻抒的画，万不可有行路过快的人，更不容有一丝的喧哗。或许径直走进任意一间房都会心生一丝典雅。复古的宁式床，深红的八仙桌，立于墙角的松木衣柜，雕花的门窗，更不容你不把这景当做画来看。

江南像是水做的，绿水环绕在排排楼宇中，空气中都漫着潮潮的水汽，深吸一口气，都有一种湿润润的感觉。肺在呼吸，毛孔也在呼吸，汉白玉砌的桥，临于水乡之上变成了艺术品。虽不宏伟，却存韵味。

烟锁重楼，江南人浸在了水中，隔水相望，垂柳下，会有扎着垂发的江南女子撑着油纸伞，穿着淡色的衣，仅仅是一个背影，却又让人想起了在水一方的伊人。

江南的市集也有不俗的景象，浓墨重彩的招牌，婉转的叫卖，踏在石板路上，看着人来人往。江南沉寂，却不死板。

长江之水流过，留下了江南独有的魅力。一眼看中江南，江南便在脑中永久地存了下来，让人不舍得有多余的思想，便尽情地投进了水乡。站在船头，向四周望去，船家的摇桨的节拍都随着心跳一起一伏。你的思绪便也随着船桨击出的水波，荡漾，荡漾……

只是一时的冲动，谈不上触景生情。但凡是一提江南，便有无限遐想。其实无须在意江南江北一江之隔，但琐琐细细的江南终不同于粗犷的江北。唯有在中秋，江南江北，同一轮明月；或在元宵，将一锅汤圆，煮成五千年不变的团团圆圆与沸沸扬扬。

江南，我把梦留在了那个地方。

（指导教师：屈国庆）

第八部分

他们改变了我

　　有一次，我陪婆婆去市场买菜，远远的，他们都一起和婆婆打起了招呼。"嘿，夏婆婆来啦。""哟，这是孙女吧……"我感觉到他们的热情和友好。一位穿着红棉袄的大妈还和我开起玩笑来："夏婆婆，您孙女长得可真像您啊！小姑娘，你婆婆这么细心照顾你，长大后不知道给不给她饭吃啊？""当然给啦！"我说完，便拉了拉婆婆的胳膊。他们一下子哄笑起来，有的咬一口又红又嫩的萝卜，有的捶一捶有些僵硬的后背。卖菜时的打趣成了他们最快乐的插曲。

——夏洁《他们》

我 和 你

杨 萌

　　我和朋友一起去看你，你是一朵被遗弃的花儿，孤独地绽放。虽然，儿童福利院的花园中不缺阳光。

　　第一眼看到你，眼中的纯真，眉宇间的稚气，让人顿生怜惜。我们给你带了许多糖果，你面露欣喜。我帮你把糖的包装拆开，你双手接过，却走向你身边的伙伴，将糖一一分给他们。我明白，你和你的朋友们在一起。你们所拥有的并不多，但每得到一个"宝贝"，你们都要和其他人一起分享，因为你们相依为命。我儿时也像你一样谦让，这对于我来说，只是一种礼仪，因为我将手中的拥有让出后可以很快再次获得；但这对于你来说，却是一种品质。

　　我给你洗了一个苹果，你大口地啃着，说这是你最爱吃的。我问你喜欢吃草莓吗，你却问我草莓是什么。我的心颤了一下，蹲下来看着你，轻轻地说："那是一种很好吃的水果，下次来看你时，姐姐给你带，好不好？"你一下子搂住了我，我也抱住了你，拥着你柔弱的身体，忽然很想哭。你是我们助养的孩子，也是我们的弟弟，我真想将你带回家，让你吃最美味的食品，玩最有趣的玩具，让你成为天下最幸福的孩子。

　　亲爱的小弟弟，我和你，原本都是阳光的孩子，但我得到的阳光似乎要比你多得多：我童年时似众星捧月的公主，而你却从小失去父母学会独立；我的周围洒满阳光，而你，也许你不能亲眼看见光明，你的眼前只有漆黑的深渊——但我相信：阳光永远不会遗弃你。因为，你和我一样心中有爱，有爱的人，就不会被阳光抛弃，阳光——虽然你看不见，但她一样洒满在你的周围，温暖你，如同温暖我一样。

　　亲爱的小弟弟，我和你，心连心，同住光明里；为梦想，不放弃，相逢在梦里……

（指导教师：王敏）

墙

赵　喧

姥姥家街边有座独门小院，一堵高墙把这个小院与周围的居民住宅隔了开来，加上大门经常紧闭，小院更显得神秘莫测。从姥姥口中得知，院里住着一位姓李的老人，老人的儿女都在外地，很少回来，除了偶尔有送汇款单的邮递员之外，平常偌大的院子就只有老人。

虽然院门紧闭，但每逢春暖花开，都有花香翻越那堵高墙，飘入我们这些调皮孩子的鼻子里，间或还能听到老人的咳嗽声。我们都对高墙内的景物充满了好奇，但却没有人敢翻越那堵墙。

又一个花开时节，当浓郁的花香再次充盈我的鼻孔时，强烈的好奇心终于让我决定翻过那堵墙，去看看墙内的景色。

我费了好一番工夫才翻过了那堵对我来说非常高的墙。站在墙边，我惊呆了。这个院子简直是一个精致小巧的花园，各类竞放的花朵姹紫嫣红，令人目不暇接。我被花朵的美丽所吸引，不由自主地将手伸向了它们，这朵好看，那朵也不错，不知不觉间，我摘了一朵又一朵，手里已经一大捧了，还是不舍得离开……

突然，大门被重重地推开了，院子的主人出现在门口。他看着一片狼藉的院子，皱起了眉头，然后快步走到我面前，像老鹰抓小鸡一样抓住我的领子，将我拎到了门口。我看见了一张黝黑而近乎僵硬的脸，神情严厉，脸上的肌肉微微颤动着。他瞪了我大约半分钟，丢下一句绝不许再爬墙的警告，把我赶出了院外。

从此，我便开始用厌恶、憎恨而又畏惧的目光看待那堵墙。在我的策划下，同伴的石块一次又一次地飞过那堵墙，落在那美丽的小院里。奇怪的是，那位严厉的老人却从来没有上门告过状，我想大概是他苦于没有证据吧。

又一天，我和伙伴在街上踢足球，我一脚远射，球飞进了老人的小院。

望着那堵高墙，我想起了老人僵硬而黝黑的脸，腿肚子不由得微微发颤。但在同伴要不回球就绝交的威胁下，我还是无奈地爬上了那堵墙。但愿老人不在家，我暗暗祈祷着。心里正七上八下之时，房间的门突然打开了，慌乱中的我竟从墙上摔了下来，膝盖处被划出了一条不短的伤口。

老人疾步奔过来，看了我一眼，忙折回屋里拿出一个小药箱，蹲下身来为我治伤。没想到，那粗糙的大手动作竟那样柔和，他小心地清理伤口，轻轻地涂药，细细地裹纱布，一边做着还一边安慰我。这时，我觉得他的脸似乎不那么僵硬了，恍惚中，他的表情也有了一丝慈爱。之后，他反复叮嘱我，以后要从大门进出，别再爬墙了。就这样，直到我离开，也没有听到他一句责骂的话。从此，那堵墙似乎并非高不可攀了。

如今，老人已搬走很长时间了。每当我看到那堵已残破的墙，就会想到老人那僵硬而慈爱的脸，心里就会涌起暖暖的感动。

（指导教师：刘育红）

他　们

　　自从我家后面开辟了一个菜市场，我就从早到晚被湮没在喧闹和嘈杂里。每当我抱怨他们吵得我无法睡懒觉时，婆婆总是说："他们也不容易啊！"

　　菜贩们常常争吵，不是和同行为地盘开战，就是和顾客为零钱谈判。很长时间，我一直烦他们。

　　学完杨绛先生的《老王》之后，老师要我们学会关注人群中的"他们"。老王是一个不幸的人力车夫，却凭自己的厚道和善良赢得一对教授夫妇的同情。这些每天起早贪黑的菜贩，能够获得别人的同情吗？

　　有一次，我陪婆婆去市场买菜，远远的，他们都一起和婆婆打起了招呼。"嘿，夏婆婆来啦。""哟，这是孙女吧……"我感觉到他们的热情和友好。一位穿着红棉袄的大妈还和我开起玩笑来："夏婆婆，您孙女长得可真像您啊！小姑娘，你婆婆这么细心照顾你，长大后不知道给不给她饭吃啊？""当然给啦！"我说完，便拉了拉婆婆的胳膊。他们一下子哄笑起来，有的咬一口又红又嫩的萝卜，有的捶一捶有些僵硬的后背。卖菜时的打趣成了他们最快乐的插曲。

　　晚上睡觉时，婆婆告诉我，别看他们文化不高，可做生意从不缺斤短两，对顾客绝对诚实守信。前几天，一位顾客把钱包落在了菜市场，一个菜贩捡到了，在摊位上一直守到晚上八点多钟。失主要给报酬，那个菜贩却说不用，多照顾他的生意就是了。我听了，一下子找到了对老王的那种感觉。

　　这一夜睡得正甜，突然被一阵熟悉的吵闹声惊醒，原来，天要亮了，楼下，菜市场，他们，又开始吵架了。

修　鞋

朱雨桐

　　那是个破烂不堪的修鞋铺，一扇很大的破棉门帘挡着灌进来的寒风，地上堆放着一些边边角角的皮革，还有线团和锤子剪子什么的，一把小木椅上坐着一个猥琐的老头儿，咯吱咯吱的响声会在老头儿弯腰或者随便移动一下身体的时候传出来，昏暗的灯光照着老头儿的脸，泥垢从脸上的纹路里堆出来，一双小眼睛不停地眨巴着。更可怕的是他的头几乎整个缩进了胸腔，弯着的脊背像扣了个又大又重的锅，一件铁青色的衣服隐隐地散发着汗酸味儿。

　　天冷得厉害，大股大股的风横扫过街，虽然才下午两点来钟，但天已经很暗了，当我走进修鞋铺的时候就后悔了，可是又找不到别的地方去修鞋，只好用大拇指和食指拈起一点儿锃亮得闪着油垢光的门帘儿，把鞋扔了进去，老头儿的公鸭嗓子喊着："闺女，进来坐着等，外面冷。"我缩了缩脖子，不情愿地钻进了那小棚子。

　　棚子虽然用好多层破旧棉被麻袋什么的裹着，风还是嗖嗖地钻进来，在棚子当中的一炉炭火边儿上打着转消失了，火光和灯光一起折射到老头儿的脸上，让他显得更加丑了。

　　他的活儿倒是挺好，麻利地收拾着坏掉的拉链，还用手掰了掰脚跟处有点开线的地方，嘟囔了一句"我帮你缝上吧"，说话时手也没停下来，依然低着头忙碌着。

　　我想起来许多小商贩都是这样，热情地帮忙，而到最后向顾客要了高价，想着这些，仿佛看见他奸笑的样子，我忙说，不用了。

　　他却不依不饶地说："为什么？这样穿不了几天，这鞋扔了怪可惜的。"

　　这时候我更加确定他看我是小孩儿，想多挣我的钱，我忙说："我的钱不够了。"

老头儿笑了笑，像没听见我的话一样继续忙碌着，一会儿把完全修好的鞋用塑料袋小心地装好，递给我，说了句，赶紧回家吧，一会儿天黑了，你妈妈该等着急了。

我的脸一下热了起来，感觉说不出的不好意思。原来不是丑陋的人就一定会有一颗丑陋的心，寒冷的天气里，那个破旧的棚子里还是挺暖和的。

梦想，从这里起航

商　恋

梦想如同甘露，只要你坚持去收集，终能成为甘泉。

——题记

"虽然，我现在攒的钱还不多，但我相信，只要坚持不懈，我一定能够攒足钱，像其他孩子一样快乐地学习。"他说。

那是一次偶然，现在回想起他，我仍记忆犹新。几年前我与表姐同去她的家乡，在路上遇到一个男孩，大概七八岁，在卖一些小杂货。一开始我以为他是在玩，但我发现陆续有人在他那里买了一些东西。这时，我才发觉他穿着很朴素，脸色明显比同龄的孩子差一些，大概是营养不良的缘故。我和表姐打赌他一定是个骗子，谁家父母会让自己的孩子在外做这些事呢？

带着好奇心，我和表姐借着买东西的名义过去与他攀谈起来。我挑选着小食品，他热情地给我介绍那些食品的味道和价钱，价钱比商店里的便宜点。我被他的热情打动了，有点后悔和表姐打赌了。

我挑好一些小食品后，不经意地问了句："你这么小的年纪，为什么不去学习，而在这里卖东西呢？"

"我——"他半天没有说话。我抬头一看，才发觉他的脸色变了，显得很尴尬。我也太笨了，明知道这种事不方便讲还要问。正当我准备走的时候，他说："其实我失学了，因为我父亲去世了，母亲身体弱，不能干重活，所以我只有退学。"说到这，他的声音很沉重，眼里含着泪水。我更后悔问他了。他接着说："不过，我很快就能上学了，母亲说只要我能攒够钱，她就会送我去读书的。"他的眼睛里射出光亮的色彩，"虽然，我现在攒的钱还不多，但我相信，只要我坚持不懈，我一定能够攒足钱，像其他孩子一样快乐地学习。"

我听后很感动。是啊，只要坚持不懈去做一件事，就一定能成功。我走着，走着，似乎看见那个男孩正背着书包，快乐地向学校跑去。

感谢有你

张璐璐

风雪交通线，书写着英雄恪尽职守的浩然正气；风雪不归路，镌刻着英雄未竟的忠诚誓言。

2008年的春天，一场百年罕见的大雪突降南方。停水、停电，学生停课，火车停运……面对这一切，幸好有你。

殉　职

一个星期的时间，眼看就要溜走了。原本一根筷子粗的电线已经成了手腕那么粗，如果再这样下去，我们只能看到那平日高高的塔架，轰然倒塌，让黑暗湮没城市的一切。可是，因为有你，不顾个人生命安危，站在高高的梯子上，用木棍艰难地敲打着电线。天有不测风云，人有旦夕祸福，你的身体，伴随着风雪，从高处落下……

有了你，就有了平安；有了你，就有了顺畅；有了你，就有了希望。

问　候

温家宝总理来到了滞留许多旅客的火车站，动情地说："我深感抱歉，我来到这里，表示我深切的慰问。不要慌，请相信这里的工作人员，他们一定会尽快让你们回家！祝福你们能早日与家人团聚！新年快乐！"短暂的安慰，给了人们坚持下去的信心。人们的眼角，轻轻地滑下了甜甜的泪水……

高速公路管理员用毛巾绑住棉鞋，在封闭了数天的公路上艰难地行走着。"还没有吃饭吧？几个人？来，这里有饼干和水，充充饥……"

机场所有的工作人员也都忙碌起来，纷纷煮了可口的饺子，与滞留的旅客一同分享。在这里，我们是一个大家庭，我们感受到了爱的温暖。

大雪无情人有情。感谢有你，是你，轻轻地抚摩着那一颗颗充满慌乱与恐惧的心。

感 恩

南国的冬天里，弥漫着爱的温暖气息，每个人嘴里都在重复着一句感动的话：因为我们都是一家人。

天气逐渐好转，滞留的旅客也陆续回家过年了。

"用第一抹光线的纯净为世界画一双眼睛，用第一抹花开的声音为世界唱一首歌曲。感动你我，感动中国，这世界有爱才转动。感动你我，感动中国，这世界有爱才永恒！"

我手捧感恩之花，献给你。感谢这一路上有你，感谢生命中有你。

（指导教师：万代远）

第九部分

动物情结

阿黄是一只很瘦小的猫，它很挑食。一位好心的阿姨收养了它，白天阿黄在社区里玩耍，晚上回到那位阿姨家睡觉。傍晚阿姨总是在花园里叫："阿黄，阿黄——"花鼻和阿黄玩得正起劲，听阿黄要回家睡觉了，也颠颠地跟在阿黄屁股后，跑到阿姨家门口。但阿姨说："花鼻，你就别进去了。"花鼻好像能听懂一样，转身在花园里找了一个地方自己睡觉了。花鼻很乐观，没有因为人家不收养而伤心。

——段樾天《花鼻外传》

花鼻外传

段樾天

为了上学方便，我家在学校附近的清华大学西北小区租了一套房子。房子位于一层，由妈妈照顾我的生活。冬日的一个晚上，天黑得很早，北风呼啸，我家的窗户紧闭。我在自己的房间写作业，妈妈在厨房收拾东西。

忽然隐约听到一声猫叫，一开始我以为是家里的小猫豆豆在叫。但找到豆豆，却发现不是它在叫。心生疑惑，我跑到厨房去找妈妈，妈妈说她也听到了。我们开始四下寻找，发现窗外有一个影子晃动。

我们蹑手蹑脚地走过去，妈妈轻轻地打开窗户。皎洁的月光下，一只黄白相间的小猫蹲在窗台上，歪着小脑袋用好奇的目光看着我们。豆豆平生第一次看见它的同类，兴奋地跳上窗台，隔着一层纱窗，同它打招呼。妈妈看到它们这样亲切，便轻声对窗外的小猫说："来吧，到门口去，我给你弄点吃的。"我和妈妈走到门口，推开门后惊讶地发现那只小猫已经在门口等候了。妈妈把豆豆的猫粮拨到一个小瓷碗里，放到门口小猫的面前。它闻了闻，然后嘎嘣嘎嘣地嚼了起来。这只小猫很胖，浑身圆滚滚的，屁股很大，它只顾闷头吃食。

一会儿，它吃饱了，摇头摆尾地走了。走到楼道门口，它还不忘回头朝我们"喵喵"叫两声，好像说"再见"，然后便消失在黑夜之中。

几天之后，妈妈告诉我，她问了社区里的人，那只小猫叫花鼻，因为它的鼻头是花的，是一只流浪猫。从此，花鼻成了我们家的常客。

时间长了，我发现这个小区有好几只流浪猫，它们都有各自的领地。我家附近是花鼻和阿黄的地盘，小区的人们对它们都很好。

阿黄是一只很瘦小的猫，它很挑食。一位好心的阿姨收养了它，白天阿黄在社区里玩耍，晚上回到那位阿姨家睡觉。傍晚阿姨总是在花园里叫："阿黄，阿黄——"花鼻和阿黄玩得正起劲，听阿黄要回家睡觉了，也颠颠地跟在阿黄屁股后，跑到阿姨家门口。但阿姨说："花鼻，你就别进去了。"花鼻好像能听懂一样，转身在花园里找了一个地方自己睡觉了。花鼻很乐观，没有因为人家不收养而伤心。

花鼻在小区里很受欢迎。不管和你认不认识，它都跑到你跟前"喵喵"地叫，蹭你的腿，然后满地打滚。

有一次我放学回家，在社区院里看到一个伯伯从食堂出来，提着刚打的饭回家，半路正好碰见了花鼻，花鼻一跑一颠地上去拦住人家，然后抬着小脑袋朝他纯情地"喵喵"叫着。那个伯伯对花鼻温柔地说："花鼻，你等着，我给你拿肉丸子去。"

又一天我早上上学去，花鼻看见我出来，赶紧跑过来，用脖颈在我的脚踝上蹭来蹭去，嘴里还不时发出呼噜呼噜的声音，很高兴的样子，还一直跟着我到小区门口。我弯下腰，轻轻地抚摸花鼻，说："花鼻，我要上学去，你就别跟着我了。"话音刚落，花鼻就知趣地走开了。

我爸爸是一个不太喜欢猫的人。有一次爸爸来看我，走了没一会儿，爸爸又折回来了，脚下还跟着花鼻。爸爸说："我刚出去，这只猫就跟着我，蹭我的腿，拦住我不让走。你们给它弄点吃的吧！"呵，爸爸也被花鼻打动了。

花鼻是一只流浪猫，却生活得有滋有味。一次，我看见花鼻在小区的花园里吃饭。走近一看，它的饭碗里有一层厚厚的猫粮，上面还放着几片切得十分匀称的肘花。花鼻用它的大脑袋把饭碗盖得严严实实，肚子吃得滚瓜溜圆，一副心满意足的样子。

前一段时间我看了《水浒传》，书中说拼命三郎石秀很"乖觉"，我理解"乖觉"就是情商高，我想花鼻就是一只"乖觉"的猫。

后来，我搬到西北小区的另一栋楼里，那里不属于花鼻的势力范围，我就再也没有看到花鼻了，真的很想念它。

猫 戏

孙振山

邻居家养着两只可爱的宠物猫。大猫叫肥肥，今年七岁了，体重高达五公斤；小猫暂时无名，今年刚满一岁，才两公斤。

肥肥是个德高望重的老者，一身的肥肉使它的速度慢了许多。不知它是否尊老（因为家里没有比它更老的猫了），但爱幼是肯定的。每当小猫主动挑衅，从它身上跃过时，它都纹丝不动；每当主人送来美食，只要小猫去抢，它就退避三舍。

一次，我看到了它们之间的嬉戏：

小猫躲在椅子下，大猫则趴在椅子上做着它的春秋大梦，尾巴也想入非非，晃来晃去。突然，小猫看见了肥肥晃动的尾巴，像是发现了"猎物"，两只占了大半个脸的眼珠一动不动地盯着"猎物"，尾巴开始猛烈摇晃，四只脚慢慢后退，身子伏在地上，腰稍稍拱起，像在示意:别动，都别动，我发现了! 只见它猛地纵身一跃，身子划出一条漂亮的弧线，不消三秒钟，频率极快的小爪已连续发起多次攻击。

肥肥果真纹丝不动，懒散的眼神暗淡无光，脸上厚厚的肥肉将脑袋使劲往下拉。看来它的神经传输真的有点慢了，"身受重创"的尾巴继续懒洋洋地转了几圈才耷拉了下来。可肥肥只是瞥了小猫一眼，就又睡了。

不料，小猫见状得寸进尺，行为愈加"猖狂"。它后爪立地，前左爪按着一根横木，右爪开始近距离狂抓乱打。肥肥忍无可忍，猛地站起，小猫弹簧似的蹦起，一溜烟儿跑到沙发底下去了，只露出个小脑袋，紧盯着肥肥。

肥肥伸了个懒腰，温柔地舔了舔"受重创"的尾巴，慢慢地从椅子上"滚"了下来，迈着猫步向屋外走去。小猫又像是发现了新大陆，猛地蹿出，将肥肥扑倒在地，然后又一颠一颠地跑向桌脚。肥肥笨笨地翻身爬起，宽容地看了看尚未逃离视线的小猫，俯下身去，一脸无奈的表情，似乎在说："唉，你这个小调皮，就知道欺负我这把老骨头！"小猫也仿佛若有所思，回头望了望，转过身来，鼻子使劲嗅了嗅，慢慢地向肥肥走来，"喵喵"地叫了几声，伸出红红的舌头在肥肥的脸上舐了又舐……

猫之间那天真的气息、大度的心胸，令在一旁观战的我惊羡不已。

(指导教师：李晓平)

功夫螳螂

丁　瑶

　　我在奶奶家门前溜达，发现窗户上有一片青绿色的又细又长的"树叶"，觉得蹊跷，近看发现是一只螳螂，于是把它捉了下来。

　　它在我的手上一直挣扎，我索性把它放在了桌子上，它马上转过身来向后退了几步，并举着它那两只镰刀似的双臂，警惕地注视着四周。这是一只很大的螳螂，身长差不多有7厘米。一身翠绿，下半身扁平扁平的，很宽，不过头和中间那一段却很小，脑袋呈三角形，光滑突出的两只眼睛对称地分布在脑袋两边，还有一对触角。所有的猎物见了它那粗大结实的双臂都望而生畏。在草丛或树林中，身上的翠绿便是它最好的保护色，捕捉猎物时又能出其不意，因为远远望去，很多人都会以为那只是一片树叶。

　　看见螳螂的这副架势，我心想这肯定不是个"凡夫俗子"，于是，我用一支铅笔开始和它展开"战斗"。我先把铅笔放在它的面前挑逗它，它好像并没有什么反应，反而歪着头爬上了铅笔，显然它对我的"攻击"不屑一顾，反而向我发起了"挑衅"。看着它那得意洋洋、不可一世的样子，我生气地向它发起了更猛烈的"进攻"：用笔一直拨弄它的双臂。不一会儿，它果然被激怒了，抬起双臂照着笔尖就是一阵猛烈的挥舞，还没待我看清楚，它就以迅雷不及掩耳之势完成了一系列漂亮的反击动作。一看铅笔，笔芯都给双臂上那锯子似的刺擦出几道刮痕。我不禁暗暗叫好，心想：难怪古人的形意拳里有螳螂拳呢！这么潇洒轻快的攻击方式，怪不得螳螂能捕捉那么多的害虫！再看看螳螂，竟用双臂把触角掰下来放在嘴巴里舔，像在整理自己的发型一样，在桌子上"耀武扬威"。

　　晚上，我把它放在一个穿了孔的大塑料罐里。临睡前跑去看了它一眼，哟！它竟然悬挂在塑料罐的盖子上睡得正香呢！没想到它睡觉也这么有"个性"。

第二天，我打开塑料罐把它放生了，因为它是益虫，应该在大自然中发挥自己的本领，除掉更多害虫！看它扇动着翅膀飞舞在草丛中，我心里感到一丝欣慰，默默地目送它，为它祝福……

（指导教师：夏桂花）

美丽的错误

谭俊志

一天，我家门前来了一只小狗，它遍体鳞伤，血迹斑斑，两眼泪汪汪的，一看就知道是一只被别人遗弃的小家伙，可怜极了。

小狗畏畏缩缩地蹲在我家门口的墙角边，一副茫然不知所措的样子，全身还抽搐着，妈妈嫌它肮脏难看，拿了一根木棍朝狗的脊背狠狠地打了过去，只听得它汪汪地哭叫起来。我觉得它够可怜的，便对妈妈说："这狗怪可怜的，您就别再打它了。我们家不正缺一只狗吗？就把它收养了吧！"妈妈却对我说："儿子，你也不看看这是一只什么样的狗！这么难看，一定是别人不要了的，咱家养它作什么！"说完，妈妈从厨房拿来一把火钳，将小狗狠命地夹起来，装入了一个蛇皮口袋，然后呵斥我把这讨厌的东西提到一个很远的地方扔掉。

我带着这只小狗，来到村口的公路边，来回转悠，怎么也不忍心扔掉它。小狗蜷缩在口袋里，像一个偶尔得到温暖的小宝宝，停止了痛楚的呻吟，发出了乖乖的哼哼声。我想，它这时可能已经把我当成了它生命的唯一依靠了。唉！太可怜了。我宁可触犯家规，宁可不听妈妈的话，也不能扔掉它不管。对，我偷偷地把它养起来！

于是，我把小狗带到了一个废弃的仓库里，用稻草给小狗做了一个软软的小床，并从村卫生室买来了一些消炎药给小狗疗伤，又从家中拿来了一些食物。小狗不一会儿便吃光了食物，欢快地朝着我摆尾巴。我知道小狗是在谢我呢！

此后，每天我都拿着食物去喂小狗。小狗一天天地长大了，我每次去看它时，在百米开外，它就能根据我的脚步声判断出是我，于是发出兴奋欢快的叫声。有时我去晚了，它便前爪子搭在我肩膀上用舌头舔我的脸，汪汪地叫着，埋怨我为什么这么晚才来。

一天，小狗跟着我回到家里，被妈妈发现了。妈妈吃惊地说："这是谁家的狗，长得这么漂亮？"我低着头喃喃地对妈妈说："妈妈，我犯错了，这就是您去年叫我扔掉的狗，我没听您的话，没……"

妈妈怔怔地望着我，愧疚地说："看来是我错了！我以为这狗养不活的，没想到你养得这么好！"

从此，这条狗便留在了我家。

（指导教师：王代福　双庆贵）

蔬菜 "杂" 想曲

汤雯婷

可曾想过，普普通通的蔬菜也会有如此怪哉的心思，一大堆蔬菜的胡思乱想杂凑起来就像人一样复杂。有趣的、可笑的、悲伤的、感动的、自卑的……乱纷纷的，一片片从最广阔的天空——"伟大"的脑中飘落。

——题记

白菜的忧伤

我有白玉般的颜色，玉兰般的温情，雪一样的恬静，可我始终是棵白菜，没有高洁的气质与价值，只是一棵——能与那油腻的猪肉共炒的白菜！

自卑在我心里铺天盖地，嫉恨成了我生命的唯一，我该怎么办？……我有一个好友从小就长在我身上，一颗小蛾卵，蛾儿长大了离开了我，学她的长辈去扑火。她萦绕在烛火的周围，被那热烈的火光所迷醉，诱惑的温暖促使她飞扑上去。她扑上去了，可正如她的长辈一样，她变成了一颗黑色的尘埃，悠悠地飘到了地上。"啊！"我醒了。我终于明白了蛾儿的傻。她总以为靠近火光便能染上那绚丽的色彩，她从不知道自己不过是围着那团火扇动着翅膀的舞姬而已，想要拥有蝶的色彩，谈何容易！

渐渐地，我不再怨恨。活在自己的世界，让我变成人间的美味，才是我真正的精彩。

紫色的神秘，灿烂的微笑

紫色的她，总是被一种神秘的色彩包裹着。幸好这只是外表，她可爱的形象常出现在这绚烂的生活里，带给我们的不仅是那淡淡的遐想，还有那永恒的微笑。谁叫她有一个如此可爱的名字——"茄子"。

不知从何时起，聪明的人们竟然发现在我们说"茄子"时，世上最美的东西就停留在我们的脸上，赶紧用相机记录下这个智慧的发现吧。从此，每当拍照前，说"茄子"便成了一个神圣的仪式，谁不想把美好记录在自己的"史册"上呢？就这样茄子成了微笑的形象大使，任职期似乎一百年都不止吧。

我很丑，可是我最真实

身上长满疙疙瘩瘩的痘痘，有些让人恶心的绿色总是缠在我身上，幸好当我正想不通上天为何如此对我的时候，有人发现了我的好处，切开我，先是一阵清香的苦涩，后是一股让人舒畅的清新，那人说了一句"苦瓜，好清新哦。"当他炒熟了我，又细细品尝时，他又说"苦瓜，让我感受到了苦尽甘来的滋味。""喔，呜呜……"我先是一声怪叫，后来又感动得想哭，我沉醉在了被赞美的欣喜里。天空总算也对我——苦瓜放出了难得的笑容，我似乎已经踏上了只有孙悟空才有的那朵筋斗云，晃晃悠悠地来到天上。我才发现原来彩虹也不过是阳光的虚幻，只有我苦瓜才是永远的真实。

厨房里的大会

"嘀嘀"一声响亮的哨子声传来，"各蔬菜，集合开会！本次会议的主要内容是讨论如何解决部分蔬菜爱胡思乱想的毛病……"当主持人正振振有词时，红彤彤的番茄正想着如何变得像樱桃一样可爱，粗糙的土豆也在考虑着如何变得更白净，只有黄瓜最实在，思索着让自己更加健壮的妙法，以后能报答农民伯伯。

我也在想，思绪是最活跃的，怎能拦得住呢？

（指导老师：曹玉英）

第十部分

在童话的文字里沉思

　　哈哈！我终于长大啦！不再是那个有一条大尾巴的小蝌蚪了。清晨，我跟随妈妈去捕获我的第一顿美食。"跳跳，捕虫的时候要专注，要认真学习哦！""是，妈妈。"整个田野都沉浸在柔软的夏风里。这时，我发现一只小虫，两眼牢牢地盯着，蹑手蹑脚地靠近，屏息敛气，"哧——"我伸出长长的舌头，只用0.1秒，就将那小虫卷入口中。嘿嘿，妈妈一个劲儿地表扬我。

——廖选艳《跳跳惊魂记》

我 想 飞

张远蒙

　　夏日的黄昏，太阳的余热笼罩着大地，一切都是金灿灿的。好悠闲的黄昏！我张开翅膀，在笼中跳来跳去。

　　"小鸟，跟我说'你——好'！"

　　又来了！又来了！说话的是我的小主人乐乐，他每天总要教我讲"外语"（人类的语言），然后在一大帮同学面前炫耀。而我，自认为是一只聪明的小鸟，每天重复这些简单的问候，简直烦透了。于是，我一声不吭，只顾埋头整理自己的羽毛。

　　"真是越来越不听话了！"乐乐扫兴地回了屋。

　　四周一片寂静，我继续刚刚被乐乐打断的思绪。这种生活真乏味，简单，枯燥！乐乐对我很好，没错，他每天都会喂我好吃的食物；会在我的笼中放一碗清水供我解渴；会为我冲凉，梳理毛发……但我一点儿也不快乐，因为这在别的鸟看来的快乐是建立在失去自由的痛苦之上。自由，没有谁会比我更懂得它的珍贵，每当我看见天空中自由飞翔的同胞，哪怕是灰麻雀，都好羡慕。我想飞！可这该死的笼子……

　　我愤怒地用嘴猛啄笼门："都是你，害得我有翅不能飞！""咣当！"笼门竟被啄开了！我小心翼翼地探出头：外面的天空好蓝！空气好清新！我又试探着张开翅膀——飞起来了！

　　我自由啦！

　　"咕噜噜——"我的肚子在叫唤，得找点吃的呀！"嗡，嗡，嗡……"那边有只苍蝇！听说它可好吃啦！哎哟，我的口水都快流下来了。

　　那只苍蝇大概发现了身后的危险，翅膀扇动得更快了。决不能让它逃出我的掌心，我紧追不舍。想当初，我也是飞行高手，可整日关在笼中缺少锻炼，现在连追只小苍蝇都会气喘吁吁。快，快追上了！再怎么苍蝇也不是我的对手呀！不好，那只狡猾的苍蝇停在了树干上！我刹不住了——"嘭！"我只觉得眼前一黑，身体急速往下掉……

待我摇摇昏沉的脑袋，再睁开眼。呀，天已经黑了！黑暗中不时传来一两声狗叫。好怕呀，你在哪儿啊，乐乐？我好想你呀！还，还是回家吧……不行，怎能有这么愚蠢的想法！好不容易才逃出来的，做好汉也得做到底嘛！再说，回去多没面子。我缩紧身子，闭紧眼睛，用翅膀捂住耳朵，昏昏沉沉睡去了……

突然，一滴冰凉的露珠滴到我的脖子上，好冷！呀，天已经亮了！可怜我一天没吃东西了，该死的乐乐，当初为什么不教我捕虫技巧？！唉，只能自力更生啦！

我无力地在空中扇动着翅膀，突然，一块小石头向我飞来。天啊……

我重重地落在了泥潭里，用力扑打翅膀，除了溅起一阵泥水，带来的不过是伤口的阵阵剧痛，我绝望地望着天空呐喊：我想飞……

（指导教师：冯汝汉）

147

跳跳惊魂记

廖远艳

6月1日，星期一，晴

　　哈哈！我终于长大啦！不再是那个有一条大尾巴的小蝌蚪了。清晨，我跟随妈妈去捕获我的第一顿美食。"跳跳，捕虫的时候要专注，要认真学习哦！""是，妈妈。"整个田野都沉浸在柔软的夏风里。这时，我发现一只小虫，两眼牢牢地盯着，蹑手蹑脚地靠近，屏息敛气，"哧——"我伸出长长的舌头，只用0.1秒，就将那小虫卷入口中。嘿嘿，妈妈一个劲儿地表扬我。

6月2日，星期二，阴

　　上午，又和妈妈一起出去。哇！才经过一天的强化训练，我就和妈妈一样，也成了捕虫能手！我很得意。刚刚捕获了几条小虫，就看见一个"怪物"向我走来，他又高又瘦，我还没咋看清楚，妈妈便一把将我藏到身后，悄声地告诉我："那个怪物是人，千万别靠近他。"人？人是什么东西？我不以为然。这时，一只大手从天而降，我和妈妈拼命挣扎，可惜，和这个庞然大物相比，我们是那么渺小。那只大手将我们放入一个网兜。我看见里面有好多好多的兄弟，接着，我听见那个叫做人的"怪物"说："今天运气真好，准能卖个好价。"妈妈惊慌失措，鼓着肚皮，"呱呱"惨叫，又拼命地四处乱窜。望着妈妈，我既迷惘，又伤心："妈妈，您这是怎么啦……"

6月3日，星期三，雨

　　我这是在哪里？妈妈，妈妈呢？我大声呼喊！终于，一个瘦瘦的小兄弟告诉我，妈妈刚才被一个妇人买去了，而且，他还说，我们大家都会被卖掉，再被人类搬上餐桌，他又指着一堆黑黑的叫什么饲料的东西，劝我说，这就是最后的晚餐了，你也吃点吧，要死也得做个饱死鬼啊。"我好恨，好恨人类！他们为了自己的口腹之欲，捕获我们，难道不知道我们能捕捉害虫吗？"我茫然，我痛苦，我呐喊，我哭泣。"嗨，省点力气吧，孩子，没用的！"一个前辈的话让我陷入失望之中。

6月4日，星期四，多云

　　我呆呆地蹲在网兜里，看来来往往的人，看汽车后面乌黑的"云"，看枯黄的树，看冒烟的水泥路。一位穿着绿衣服的女孩走来。

　　"妈妈，买一些青蛙吧。"

　　"你不是不爱吃青蛙吗？"

　　"您就买吧！"

　　"老板，买两斤青蛙。"

　　我和几个兄弟一起被抓进塑料袋，我想哭，可泪已流尽。在沉默和颠簸中过了很长时间，突然熟悉的声音再次响起。

　　"妈妈，这儿多美，把青蛙放在这里吧！"

　　"不行，这可是花钱买的。"

　　倏地，塑料袋被抛出一个完美的弧，我惊讶、兴奋、激动，和兄弟们慌忙挣出，扑通扑通，我们纷纷跳进路边小河。身后，一个响亮的声音传来："这孩子咋就这么傻！"

　　潜伏在水草中，我惊魂未定：我还活着？活着真好！真不敢相信啊！

　　刹那间，我的眼泪打湿了那片水草。

（指导教师：王福智）

流　浪

李　嘉

雨淅淅沥沥地下着，破败的瓦屋内昏黄的灯轻轻地摇曳着，里面隐隐约约传来女人和小孩的啜泣声。

"啪！"啤酒瓶摔碎的声音猛烈地撞击着我的耳膜，我不禁打了一个寒战——尽管这早已司空见惯，男主人嗜酒如命，每次喝醉酒就拿女主人、小主人出气，非打即骂，有时甚至连做看门狗的我都不放过。雨下大了，叮叮咚咚地敲着我门外的饭碗，我舔了一口里面的水，再也无法入睡。

忽然，男主人举起他那小蒲扇似的巴掌准备向小主人扇去。"不好"，我心里暗叫，下一秒便如同离弦的箭撞向男主人，他趔趄了一下，没有摔倒。"死狗！"他用血红的眼睛瞪着我骂道，随手抄起一个瓶子追了过来。"阿虎！"小主人哭着喊道。我回头深情地望了一眼小主人，便冲出了家门……

跑出两三百米远后，我停了下来，在昏黄的路灯下，大口大口地喘着气，雨水淋湿了我的全身，下一步该怎么办？是去还是留？我不知道，我只知道奔跑能让我忘记一切，于是我疯狂地跑了起来……

"喂，死狗，走开，别耽误我做生意！"一只脚踹了我几下，我被惊醒了，映入眼帘的竟是一个完全陌生的世界——没有绿色的田野，没有散着炊烟的瓦房，眼前都是一排排四五层高的房子。天啊！难道我狂奔来到了同类们所说的县城？我吓呆了，但转念一想，逃出来也好，再也不用害怕被男主人打了！我又高兴起来，"汪汪"叫了两声以示我的愉快。我在心里默默告诉自己：阿虎，忘掉以前的一切，开始新的生活吧！

我漫无目的地在街上走着，忽然看到一个玲珑小巧、浑身雪白的同类，想走上去打声招呼，却不小心踩到了一个时髦女郎的脚，她以为我要咬她，竟尖叫了起来，所有人都向这边看了过来，那个女人又叫道："我的鞋——"还瞪了我一眼。那个眼神好冰冷，带着些许仇恨，刺得我缩小了一半，我赶紧跑进了一条胡同，顺便找个垃圾桶拣点剩饭填饱肚子……

日子一天天过去了，我已不记得自己来这里多久了，每天都得花大部分时间去找吃的，还常常吃不饱。有时甚至为了抢一块骨头和别的狗打架。我居无定所，四处漂泊，并没有像原来想的那样开开心心地过日子，人们用不屑的眼神看我，有的人甚至从我身边走过都要掩着口鼻。我的心里空落落的……

最近打狗的风声越来越紧，看着身边的同类越来越少，我有些害怕了，想回到小主人身边，于是我在大街上跑了起来，想找到记忆中来这儿的路。

"看，那里有只疯狗，大家快追！"一个提着木棒的人指着我向一群人喊道。我心中一惊，加快了脚步，那群人追了上来，其中一人喊道："大家快追，争取多打几只狗，明天领导就要来检查了！"我冷笑一声，就凭你们也想抓我？

可是，渐渐地我都感到自己跑的越来越慢，到底是老了，肚子又空。我停了下来，听天由命。那群人蜂拥了上来，对着我一阵乱打……

我感到自己的身体越来越轻，耳畔环绕着棍棒打击身体发出的浑重响声。我要走了，却没能见小主人最后一面。

如果下辈子我能做人，我一定要告诉小主人："不要哭，要坚强……"

（指导教师：詹建芳）

151

同在蓝天下

孙 慧

清新的空气，清澈的小溪，翠绿的草地，还有白云飘逸的蓝天……

梦中那些美好的景象，让我开心地笑了，甚至于竟笑出了声，一下子从梦中醒来。对，今天就走，风正暖，天正晴，正是出发的好时候。

我抖了抖翅膀上沉积了一冬的尘土，准备轻装上阵，飞回北方的老家去。虽然路途遥远，但因为有了家的牵挂，我一点都不觉得累，几天后，我来到了与家相隔的海边。咦，真奇怪啊，曾经的蓝天碧水，以往的新鲜空气，好像都变了样。浑浊的海面上到处是来来往往的游艇，在海面上好像还架起了一座高高的铁塔。空气里到处弥漫着一股刺鼻的怪味。还有，灰蒙蒙的天空中似乎缺少了什么，到底缺了什么呢？一声凄厉的叫声，让我茅塞顿开，对，以前每年我回来时，天空中总是飞翔着许许多多白色的海鸥，那些让人心生羡慕的海鸥到哪里去了？

带着满心的疑惑，我又启程了。终于，在太阳落山之前，我飞到了海的对岸。离家更近了，我按捺住心中的狂喜，梳理了一下自己凌乱的羽毛，准备喝口水休息一下再前进。"孩子，别喝！"刚要伸脖子靠近水边，一个惊慌的声音让我停止了。一回头，我这才发现在不远处的沙滩上站着一只年老的海鸥，而她的脚边躺着一只死去的小海鸥。海鸥妈妈悲伤地说："孩子，千万不要喝那水。水已经被污染了，喝了会死掉的。"我仔细看了看眼前的水，上面竟漂着一层油乎乎的东西，不远处还有许多鱼的尸体。怎么会这样呢？去年我走的时候还好好的呀？海鸥妈妈的一番诉说解开了我的疑惑。原来，海面上那座高高的铁塔是人类开采石油的钻井。由于他们不小心，油管漏油了，海里的许多生物都遭了殃，而他们海鸥家族也不能幸免于难，因为吃了有毒的鱼、喝了被污染的水，大批死亡……

海鸥妈妈的哭诉让我不寒而栗，还是回家比较安全。我忍着饥渴，在苍茫暮色中，急急忙忙往家赶。谁知找来找去，却怎么也找不到自己的家了。我的家在一片浓郁的树林里，而且是在那棵最高大的树上，可找了这么久，哪里有树林的影子啊？许是天黑不好找，也许是被海边的惨状吓晕了头。算了，先找个草窝睡一觉，明天再说吧。晚上，蓝蓝的天，清清的水，又出现在我的梦中。

"咳咳……"一股刺鼻的浓烟把我从睡梦中呛醒。我睁开双眼一看，大吃一惊——我的周围全是光秃秃的树桩，而我睡觉的草窝正在那个最大的树桩旁边。几步之外，有几个人正在焚烧满地的落叶。我慌忙爬起来，逃向灰色的天空。耳边传来一阵凄凉的歌声："我是一只小小、小小鸟……也许有一天我栖上枝头，却成为猎人的目标。我飞上了青天才发现自己从此无依无靠。每次到了夜深人静的时候我总是睡不着，我怀疑明天是否能变得更好。未来会怎样究竟有谁会知道，幸福是否只是一个传说，我永远都找不到……"

没人听到的话语

宋 伟

说话间，时间已经到了公元2500年……

世界博物馆前人山人海……

"听说了吗，今天要举行什么绿色植物展览，好像是科学家费了好大的劲才制作出来的，全世界只有这么一棵……"

"是吗，它是什么东西啊？长得什么样？有几只眼睛几条腿啊？它有没有壳啊？它的呼吸排毒功能属于什么级别啊？绿色是什么样的……"

"开始了，开始了！"

随着前排人们的几声喊叫，所有的议论声戛然而止，全场的目光都聚集在那条镶有金边的红地毯上，许多保安人员分列两旁。

悠扬的乐声轻轻响起，我——一株很久以前很普通很普通的蒲公英，由厚厚的展览玻璃罩着，被几个天真无邪的穿着统一礼服的孩子小心翼翼地捧着，从幕后一步步来到台前。刹那间，照相机的闪光灯闪个不停，快门的声音充斥着全场。

"这，是一株——蒲公英！"一个浑厚的声音响起，"它是四百多年前的一种生物，是中国科学家花费很长时间，寻找残留细胞精心培育而成的，是世界上现存的唯一一种人类和病毒以外的生物。据古书记载，此种生物在阳光下可以进行光合作用，它的生长离不开水……"

"哇……"人群中发出一片惊叹。我不禁窃笑，为这些无知的人们感到悲哀。

还记得那是很久很久以前，蓝蓝的天空，飘着几朵白云，青翠的草木散发着隐约的清香。我，一株蒲公英，和我的兄弟姐妹一起，惬意地生长在一所学校的操场边上。

每天，我与清风嬉戏，向白云招手，听孩子们琅琅的书声，看他们忘情地游戏……那是多么美好的时光！

但好景不长，一次突如其来的地质灾害打破了原本宁静的生活。房屋倒塌，树木折断，山石滚滚，天昏地暗，我也被深埋废墟，失去了知觉。

……

今天是我重见天日的时刻。我好兴奋，因为我怀念那蓝天白云，怀念那大树野花……

"科学家将把这株植物放在室外，进行光合作用的探究，这次试验将为期一天……"

终于，我被小心翼翼地移到室外。我终于重见了我的大自然！

可眼前的景象着实让我吓了一跳：目光所及之处，全部是钢筋铁骨的水泥城堡，偶尔在它们连接的缝隙处，才能隐约看到早已干裂的土地。阳光肆无忌惮地照在我身上，强烈的紫外线灼得我浑身好痛！再看灰白的天空，原来没有了臭氧层的保护。不经意间，我瞥见了人类，只见他们全都带着大大的头盔，穿着厚厚的衣服，一个个像老人一样步履蹒跚。我没看见飞鸟，没听到流水，哪里还有蓝天白云？哪里还有青草野花？

眼前开始模糊，我昏了过去……

一阵嘈杂声将我吵醒，许多人围着我，不知道要干什么，隐约听到有人喊："要浇水！"

当他们将罩在我身上的玻璃移开时，一股刺鼻的臭味涌入鼻孔，还没等我反应过来，一股黑色液体已倾倒在我的根部。那液体是水吗？它强烈地腐蚀着我的身体，带来撕心裂肺的痛。难道人们就喝这样的水？

疼痛逐渐蔓延到我的全身，我知道：我的命将不久矣。但我实在想不清楚，于是我用尽全力喊道："这到底为什么啊？"

可是，有谁能听到我的呼喊呢？

心香一瓣梦红楼

杨力尉

淡淡的云载托着我无尽的幻想，其中也有我的文学梦。虽然我无法透彻地领略《茶花女》的经典、《三国演义》的磅礴，但大观园里每一个女子都那么牵人心魄，让我的梦长长久久地延续下去。她们各有万种风情，百转柔肠，恰似花草幽芳，精魂不散，虽不恢弘，却着实令人萦绕脑际。

樱花——林黛玉

她兀自低吟"一朝春尽红颜老，花落人亡两不知"，连着凋零的花瓣，要把那心事满怀长埋地下，却只有那无限愁思融化在扑簌簌晶莹的泪珠里。林黛玉，就是这个让人难以忘怀的柔弱女子，她的浪漫风流，才气纵横和最后冰凉的结局催人泪下。她绽放得太美，让上天嫉妒了，于是凋落成一片云淡风轻，只留下樱花般美丽的回忆。

樱花惹人怜爱，娇柔可人，只是阳春三月一过，她便走到生命的尽头。林黛玉的韶华容颜，化作樱花的精魂，只有香如故。

栀子花——晴雯

晴雯，和《红楼梦》不熟识的朋友可能未太多注意这个名字。的确，她没有姣好的容貌，没有居高的地位，她，只是怡红院的二等丫头。可是她拥有敢爱敢恨、敢怒敢骂的刚烈性格。书中，她被描绘成了"芙蓉仙子"，可她短而无救的美像极了馥郁的栀子花。她的芳香带有毒性的辛辣，总叫人记得深刻。她的灵魂，从未丢失过一分一毫，就算是何其惨淡。

这样的美，是烈性的，美到深入骨髓。晴雯的病逝，给了混乱世局最大的讽刺。她的洒脱，我铭记于心了。

百合——薛宝钗

提起这个女子，真是不简单。她上能讨好老爷太太们，下能团结打杂丫头，大气而聪颖，像百合一样高雅，流露出丝丝智慧。她在诗社中，风头竟还盖过了林黛玉，实在让人不得不钦佩。而薛宝钗最无奈的命运就是那段"金玉良缘"。贾府上下自玉佩失踪后一心扑在贾宝玉身上，在这桩婚事上，薛宝钗也只是一枚任人摆布的棋子。就像纯美的百合，太善良，是她犯下的错误。

薛宝钗这样一个奇佳女子，在最风华正茂的时候选择了无奈，凋零的百合无法再返花期。而她，终只有长叹一声："纵然是齐眉举案，到底意难平。"

……

一个女子，一种花语，每人都绽放着她独一无二的美丽。这别样的惊心动魄渲染着我幻想的天空。如此的空灵，如此的悠远，那尚有的精魂肆意地旋转。那是我浮云般的梦，它正踏着风，飞到更高更远的天空……

157

（指导教师：朱国庆）

第十一部分

心之徜徉

　　我站在黄鹤楼上，仰望诗仙李白。眼前是怎样的一条河啊！这条大气磅礴的河，流啊流，流出了"吟诗作赋北窗里，万言不值一杯水"的怀才不遇；流出了"长风破浪会有时，直挂云帆济沧海""天生我材必有用，千金散尽还复来"的自信与抱负；流出了"安能摧眉折腰事权贵，使我不得开心颜"的蔑视。

——蔡昱翰举《诗歌的河》

诗歌的河

蔡昱翰 举

中国诗歌如滔滔奔流的长江大河，源远流长，它时而温柔恬静，时而沉郁回绕，时而豪情万丈，时而婉转惆怅。它滋养着千秋万代的中华儿女，沉淀着中国厚重的历史。

我站在唐古拉山之巅，仰望现实主义之源的《诗三百》。这是怎样的一条河啊！涓涓细流，流啊流。"关关雎鸠，在河之洲。窈窕淑女，君子好逑"，流出了甜蜜的相思之情；"于嗟阔兮，不我活兮。于嗟洵兮，不我信兮"，流出了生离死别的痛苦，流出了伤感的思乡之情。

我站在汨罗江边，仰望第一位浪漫主义诗人——屈原，眼前是怎样的一条河啊！每一朵浪花都在诉说着一个悲哀的故事：主张联齐抗秦，提倡"美政"思想的屈原，却屡遭奸臣陷害，两次被罢官，先后流放至汉北、江南，却依然心系朝廷："惟草木之零落兮，恐美人之迟暮。"满怀赤子之情："路漫漫其修远兮，吾将上下而求索。"

我站在黄鹤楼上，仰望诗仙李白。眼前是怎样的一条河啊！这条大气磅礴的河，流啊流，流出了"吟诗作赋北窗里，万言不值一杯水"的怀才不遇；流出了"长风破浪会有时，直挂云帆济沧海""天生我材必有用，千金散尽还复来"的自信与抱负；流出了"安能摧眉折腰事权贵，使我不得开心颜"的蔑视。

我站在洞庭湖边，仰望一代诗圣杜甫。眼前是怎样的一条河啊！这条沉郁回绕的河，流啊流，流出了"无边落木萧萧下，不尽长江滚滚来"的常年漂泊、老年孤愁；流出了"感时花溅泪，恨别鸟惊心"的身世之感、国家之悲；流出了"安得广厦千万间，大庇天下寒士俱欢颜"的志士仁人的情怀。

我站在黄冈赤壁山上，仰望一代词宗苏轼。眼前是怎样的一条河啊！这条波澜壮阔的河，流啊流，流出了"但愿人长久，千里共婵娟"的祈盼；流出了"十年生死两茫茫，不思量，自难忘"的柔情；流出了"一蓑烟雨任平生"的洒脱……

一场乌台诗案，把苏轼押到牢里。一天夜里，牢里来了一个人，苏轼并不为意，枕藉而睡，一会儿就鼾声如雷，直到东方既白，后来他才知那人是神宗派来的密使。在这苦难的日子里，还如此豁达！如此忘忧！

这条诗河流啊流，流在你我的心中……

（指导教师：张渝瑛）

梦 家 园

崔 航

如果说家园如梦，那么家园必然是一个甜美的梦，如诗如画——

是什么时候起，做着这样的梦呵？

"航航，去揪根黄瓜来！"奶奶系着围裙从厨房里探头呼喊。我得令打开后院的栅栏，一股瓜果菜蔬特有的芳香扑鼻而来。好一个苍翠葱郁的绿色世界——"人"字形的西红柿树上挂满灯笼，上边的绿下边的红，绿得油油发亮，红的艳丽逼人；高挑的豆角、黄瓜纠结着老枣树新生的绿枝，坠下水灵灵的果实，撞着你的额头；最高贵的是藤蔓爬满了老南瓜，这时节正开出黄灿灿的花朵，招引了嗡嗡乱舞的蜜蜂嬉戏流连……我正小心翼翼地绕过老枣树准备直奔诱惑着我的甜瓜畦，却被奶奶一声嗔怪喝醒了："航航，黄瓜！"

是什么时候起，做着这样的梦呢？

夏日昏黄的路灯下，一群人围着为驱赶蚊虫点起的蒿草，端着饭碗，拉着闲话，不时传出阵阵哄笑。氤氲的蒿草香气弥漫着整条小街，总有顽皮的孩童们将百玩不厌的藏猫猫游戏从街头玩到巷尾，从阴暗的角落里玩到人圈子里，一不小心点了蒿草堆，熊熊的烟雾便蓦地燃着了，于是爆出蒿草的燃烧声、大人的训斥声和黄家奶奶没完没了的咳嗽声。

是什么时候起，做着这样的梦啊？

潺潺的小河里，有数不清的蝌蚪和小鱼游弋；公路上传来拖拉机"突突突"的声响；黑白花奶牛安详地啃着树林里的青草，不时轻摇着扫把似的牛尾；头顶天蓝云白，树上鸟鸣啁啾，树下野花斗艳，幸运的话，脚下还会冒出一圈肥肥的野蘑菇。

究竟是什么时候起，做着这样零零星星的梦？一次次醒来，一次次怅然。

城里的夜多么静谧，却少了儿时夜夜伴我入睡的蟋蟀的歌唱；城里的人也很友好，却少了儿时伙伴间嬉笑打闹的自在；城里的景多么美啊，却少了乡间流淌的自然气息。

真的回不去了吗，生了我、养了我十二年的乡村？

家园如梦。家园如在梦中飘忽。

我不是一个人

李诗佳

曾经多少次回忆自己的过去，曾经多少次幻想自己的未来，曾经苦恼，曾经后悔，曾经疑惑我周遭的人群。我确定我不是一个人，我的青春也许充满形形色色的人物，但那都不重要，重要的是我从文学作品中获得了精神的养料、前行的力量。我不是一个人，我拥有一群亲密的朋友，一切最珍贵的情感，一颗满足的心。

也许我会伤心，甚至是哭泣，但每当心情矛盾的时候，我的身旁总有他们的安慰与建议。我不是一个人走在嘈杂的马路上、昏暗的路灯下，有人会在"平凡的世界"里"送你一缕阳光"。而"男生贾里"则一路伴我走过"文化苦旅"，陪我笑，陪我哭，陪我尽情挥洒甜蜜的青春才华。朋友们，我知道，我的身旁，你们会陪伴我，我不是一个人解决人生的困惑；我知道，我的周围，你们会帮助我，共同期待下一个挑战。每当这时，我总会默默地道一声"谢谢"。因为你们，再枯燥的生活，也会充满笑声，相信我，我不会忘记你们的。

也许我会抱怨，甚至是愤怒，但每当难以抑制的时候，我的身旁总有他们的体贴与警醒。我不是一个人度过平静的夜晚。我知道，墙的那头，他们会永远保护我，永远疼我、爱我、关心我。我不是一个人走过艰难与坎坷，我知道，不管我在哪里，总会有钢铁战士保尔在时刻注视着我，而他，恰如那寒风中的雪莲，将人生的不屈和坚强在雪峰上深深定格；总会有渔夫桑地亚哥在始终告诫着我"人可以被消灭，但不能被打败"这一崇高的精神。每当这时，我会笑着对他们说："放心，因为有你们在，再高的山，我也会坚强地爬过去。相信我，因为有你们在，才有我的人生，所以我的生活总不止我一个人，那里面同样装载着你们的爱。"

我不是一个人，不管过去，现在，或是将来。这不仅是一个不可改变的事实，更是一种支持，一种收获。我会带着这些无形的财富并在他们的陪伴下一直走下去，相信我，因为他们，我的青春不再黯淡。

爱在中秋

胡馨月

一个节日，一盘圆月，多少情思，多少爱意，在花好月圆时节
升腾。

——题记

爱在故乡

无垠的海面上，浮光耀金，静影沉璧。

张九龄呆呆地站在船头。温柔的月光犹如一块透明的白纱，笼罩着整
个海面，把周围的海水染成了金黄色。但如此的美景却打动不了他抑郁的心
情，他的心，早已飞向了那故乡的一隅。月是故乡明，是呀，再怎么着那是
故乡呀，那里有爹娘，也有故交和朋友，无论漂泊何处，故乡总是牵动游子
的情肠。爱在故乡，唯有故乡，才是游子最向往的港湾。

"灭烛怜光满，披衣觉露滋。"无眠的夜呀，一盏薄酒，一江清月，怎
能泯灭他对故乡的情思？满手的月光，他又怎么能赠送给故乡的亲人？"还
寝梦佳期"，也许在梦中才能与亲人欢聚吧。

爱在牵挂

已是半夜三更天，杜甫仰望天幕。深青色的天幕上，晶莹的星星闪烁着
动人的光芒，银钩似的月亮镶嵌在满天星斗之间。地上，却是另一番景象：
黑暗死死地掩盖着一切，空旷的原野，除了沉重单调的更鼓和天边孤雁的哀
鸣，再也听不到任何的声响。到哪里去找家呀？战争早已让家支离破碎，兄

166

弟离散，不知生死。"寄书长不达，况乃未休兵。"如今，又到中秋节了，兄弟，你在哪里，你的安危，怎能不让人挂念？

月色还是那样惨白，杜甫长长地叹了口气，料想这又将是一个不眠之夜。十五的月呀，你为何这般无情，难道你就如此忍心看着我们叹息、垂泪？

爱在亲情

我悠闲地躺在沙发里。

还不到晚八点，月亮便早早地出来凑热闹，调皮的月光钻进窗户，把碎金洒了一地。我左手拿着奶奶烤的月饼，右手拿着妈妈从商店里买的包装精美的月饼，咬一口，尝一尝，再咬一口，比一比。"看你吃得满脸都是。"妈妈嗔怪着戳我的脑门，把一瓣剥好的橘子又送入我的口中……刚刚吃完一桌丰盛的饭菜，我哪里还咽得下这么多的美食……

一年明月今宵圆，月儿仍在一如既往地挥洒着银光。朦胧的月光下，还有多少爱的故事发生，谁也说不清。

南京！南京！

徐心瑜

可以宽恕，但不可以忘却。

——约翰·贝拉

若你不曾深刻地了解南京大屠杀，你可能会赞同约翰·贝拉这个想法。

但对于当年日军南京大屠杀的行为可以宽恕吗？"不！"我坚定地从内心吐出了这个字眼。他们不可以被宽恕，中国人更不能忘却这段历史。这是一种耻辱，中国人的耻辱！在南京大屠杀纪念馆门前的雕塑，反映了当时日军对中国的恶劣行为。老人拖着老伴，丈夫抱着妻子，年迈的老爹在血泊中匍匐着……令我印象深刻的是一位母亲袒露着胸脯，怀里还有一个两三个月大的婴儿。对，这是那个孩子最后一次吃妈妈的奶了。我深深记得那位母亲痛苦的神情。在她的眼神中我看见了一丝黯淡，一抹愤恨。婴儿在枪炮子弹声中吃着奶，他的裤子已被刺刀挑破，屁股上留下了战火的痕迹。我似乎听见了他的哭泣声，雨水、泪水、乳水顷刻间混淆在一起。他在寒风刺骨的12月里被活活冻死在街头。母亲的身旁还坐着个瘦骨嶙峋的孩子，衣着更加单薄，他把最后的温暖给了弟弟。他僵硬的手攥成一团，默默地看着自己的母亲……

南京！南京！你听见那孩子心底的呐喊了吗？

三十万遇难者葬身于此。三十万？何止三十万！日军自轰开光华门开始就下决心杀光抢光。魔鬼般的日军，肆意地将人头砍下，放在木堆上，再在他们的嘴里放一支烟，以此来获得乐趣。在墙上悬挂着照片——江边堆满了尸体，有的头颈早已分开。日军想毁尸灭迹，抛尸长江。无论是男女老幼格杀勿论。马蜂般疯狂的日军轮奸妇女，刺杀儿童。南京！南京！为什么他们会如此猖獗？答案一定是中国衰弱吗？

南京！南京！你看到了吗？这家破人亡、血流成河的景象！我身旁走过的阿姨一脸愤怒，喃喃自语："怎么能宽恕？绝不能！"耳畔多是这样的话语。在南京大屠杀的遗址中，一堆又一堆的白骨，让泪水去洗刷吧！七十多年前，日军的恶行给中国人留下了永远的憎恨。我们要牢记这段历史！

也许时间可以冲淡日军的狰狞面容，但它永远冲不走那段刻骨铭心的历史。12月13日，这个日子刻在我的心底。

我以无以言状的悲怆追忆那血腥的风雨。我以颤抖的双手安抚那30万遇难同胞的冤魂。我以赤子之心刻下这苦难民族的伤痛。

我祈求，我期望，这个古老民族的，精神的崛起！

（指导教师：耿荣）

169

世界即使无童话

卓黎佳

不再相信，这个世界还有童话。

童话世界总是如海市蜃楼般美好虚幻，而往往当你沉溺其中时，现实就会将你打回原状，残忍地让你遍体鳞伤。

现实中，没有王子愿意为你拿着宝剑斩断所有的荆棘，踏着春暖花开，走在长满四叶草的小路上，俯下身来吻你的额头，赐予你新生，带你回家。

现实中，没有精灵能帮你实现任何愿望，没有南瓜马车，没有水晶鞋和华丽的晚装，灰姑娘可能永远是灰姑娘，不会获得王子的青睐。

童话故事中的承诺和拥抱变成了毒药，原来英勇的骑士变得比恶龙还要阴险。

童话本就不存在，何必要执着于一些虚幻缥缈的故事呢？许多事情，总是在经历以后才会懂得，一如感情，受伤了，错过了，才知道其实生活并不需要这么多无谓的执着……

即使世界无童话，又能怎样？

当生活被过多地涂抹上七彩斑斓，你便会发现，那些原本只属于你的纯白美好正在一点点逝去，我们总是会在通往未来的路途上，不经意地将自己打磨得越来越尖锐，像个小刺猬，把全身的刺敏感地立起来，害怕受到外界的伤害。

可曾想到，那些尖利的刺很容易戳伤别人，甚至也包括我们自己，但我们终究还是被这世界掌控着。小小的一件事，短短的一句话，波动着我们的情绪，纷纷扰扰着，而在这时——我们能做的，不是一味地奔跑，不是一味地躲避，而是乖乖地回到最初，找到最初那个真实的、美好的、纯真的自己；或者勇敢地隐忍地后退一步，抬头，蓦然发现——即使世界无童话，我们生活的天空仍然蔚蓝纯净，阳光依然温暖灿烂……

170

多年过去，当我们凝望自己走过来的足迹时，生活中的点滴会让我们觉得活着的快乐，被爱的幸福，送人玫瑰后手中的馨香……

斜阳暮水，流年飞转，世界——即使无童话，年华也会安好！

（指导教师：刘晓波）

第十二部分

触摸同龄人的思想

　　在现实生活中，我认为最愚蠢的行为就是太执着于自己得到的东西，把自己的东西捏着不放，不愿意放弃。说一个很幼稚的话题，小时候，孩子们经常在一起玩耍，当你拥有三个香蕉时，拿出其中两个与伙伴们分享，表面上你失去了两个香蕉，但实际上你所获得的价值远远高于这两个香蕉。你获得了两个人的友谊，你获得了别人对你的好印象。如果别人有好吃的，也会不忘记与你分享，你会获得好多种不同滋味的享受，既有物质上的也有精神上的，也会从中获得孩子们之间最纯真的快乐。可是一旦你独自享用了，你反而会失去更多。

——易建来《说舍得》

网？惘？

张小雨

短信、电话、E-mail、MSN、QQ……随着网络科技日新月异的发展以及电脑的普及，人与人之间的联系方式也有了巨大的转变。古有鸿雁传书，今有电子邮件；古有"烽火连三月，家书抵万金"，今有"QQ聊视频，天涯若比邻"；古有"八百里加急"，今有平台资源共享……网络确实大大方便了我们的生活，无形中缩短了人与人之间的距离。但你是否有过下面这样的时候呢？

新春佳节，编辑好从网上下载的千篇一律的祝福短信，选中所有号码，按一下群发，三秒内就将原本温暖真挚的祝福批量发出。看到别人也如此发来的短信，为那搞笑的文字嘻嘻哈哈一阵后，接着便是漠然地全部删除，不在心里留下任何痕迹。

生日那天，打开电子信箱，发现一张张款式雷同的电子贺卡，粗粗浏览一下便扔进了回收站，无论那其中是否夹杂着或多或少的真切贴心的问候。明明是许多鲜艳和精美的凝聚，却总觉得抵不过一句当面的"生日快乐"。

戴着耳机听着喜欢的流行歌曲，看着扣人心弦的网络小说，打开三个QQ窗口同时聊天。每一个都是草草地回复，用三倍的速度乘上三分之一的认真发送出看似专注的信息。

……

从什么时候起，那本该拉近我们距离的网络却让我们彼此越来越远呢？冰冷冷地发出，冰冷冷地接收，冰冷冷地回复。坐在冰冷冷的电脑前，仿佛连我们的心也变得冰冷冷了。似乎语言经过那无数次的二进制转换便再也嗅不到原本的味道，压缩了时间，是不是连那份情感也压缩了呢？

在前进如此之快的时代里，网络，究竟是便捷了人们的往来，还是网住了我们的心呢？

网？惘？不要让造福于民的网络，成为我们冷漠的理由。

(指导教师：章越)

座位与人生

赵永怡

我们的座位每两个星期调整一次，公平抽签，整体平移，每个人都不能预料到自己会抽到什么样的签，会坐到什么样的位置。

这么长时间以来，我抽到的签不尽相同，每次的位置也在不断地变换。坐过离黑板最近的第一排，也坐过离黑板最远的最后一排。坐过前排的中间，也坐过最后排的拐角，坐过理想中的座位——三、四排，也坐过较适中的座位——五、六、七排。而且每次的同桌也不尽相同，有活泼好动的男生，也有文静内向的女生；有老实本分的男生，也有大大咧咧的女生。但庆幸的是，我自认为我没有因座位的变换而受到太大的影响，与同桌间的关系都把握得很好。

每个人都不想抽到第一排或最后一排，但命运有时很会捉弄人，你越怕遇上的事，偏偏让你遇上。而且这两排轻易不会有人和你换，不论怎样，你都得熬过两个星期。有时刚坐过第一排，下一次猛地抽到最后一排，心里苦笑："这就是人生的大起大落啊！"但那两个星期的时间是无法改变的。

若是抽到理想中的座位，那就再好不过了，但这时无论你怎样珍惜，怎样乞求日子过得慢一点，那两个星期还是会不多不少毫不留情地离开，迎接你的将是另一次无法预知的选择。

面对不停变换的座位，我的态度是尽快适应，不要因为座位的调整而影响自身的学习。因为在教室的每个角落都能看到老师，都能听到讲解。面对变化的同桌，我的态度又是：对不同的人采取不同的态度。对已来的事听之任之，对"道不同"的人漠然视之，对"作风"不敢苟同的人敬而远之。但有一个总的原则不会变：顺其自然，不花太多精力在此，因为我的中心任务不在这里。因此，我与每一个人走得都不远不近，两个星期后，各奔东西。

座位是这样，人生又何尝不是如此呢？在社会这个大教室里，没有一成不变的风景，不同的时期，每个人都会抽到不同的位置，可能离期待的目标很远，也可能离期待的目标很近，大起大落也是常有的事，但不管遇到什么样的境况，尽快适应总不会吃亏。如果你身处逆境时，整天抱怨位置不佳，或是由于位置的不佳而自暴自弃，那么最后吃亏的总是你自己。

　　人生中我们身边同样会充满各种各样的人，与每个人都打成一片，怎么可能？况且你哪有那么多精力。这时候就应该"择善而从"，你也没必要与别人斤斤计较，因为生活中有很多人是不值得为其浪费精力的。毕竟相处的时间只有两个星期，如果有缘，且彼此心意相通，那么相信还会有机会相处的。

　　外界的事物总在不停地变化，我们没有能力改变外在的环境，但我们可以以一颗平常的心对待生活，得意时不必惊喜，失意时无须叹息，就像调座位一样，我们所面对的，只有两个星期，两个星期后，一切从头再来。

（指导教师：赵同宇）

第十二部分　触摸同龄人的思想

为啥现在的女孩大都喜欢猪八戒

张佳羽

《西游记》里的师徒四人，各有千秋。

唐僧这个人，信念坚定，很让人佩服的。但也太虚伪，很让人反感的。你说他是男人吧，他不敢看女人；你说他心里没异性这个概念吧，悟空每次打杀美女妖精，他又横推竖挡不让；你说他动了凡心吧，他又装得跟正人君子似的。像这种把自己熬得很苦、想爱不敢爱、遮遮掩掩的人，把面子看得太重，把自己干的事情看得太重，有点过了，过头了就是虚伪。虚伪的人，往往不能给予别人真实的关切。他所做的一切的一切，都是围绕演戏给人看，只顾自个的形象，不管别人的感受。所以呀，他只配当和尚。谁跟了他呀，就等于踩着凳子上吊，要死不死，要活不活的。

孙悟空这个人，本事很大，能耐超群，是绝对的靠本事吃饭的角儿。但也很张狂，盛气凌人，不能平等地对待别人。他很英雄，但不懂生活。在危难面前，他面不改色、雄心虎胆、敢作敢为，着实让人敬仰。但他仰惯了的脖子，放任自流的性格，以我为中心的心态，在女性面前，仍然表现得很暴露，似乎在说，我就是天，我就是太阳，你得围着我转。你看他遇着的几个向他表达爱慕的女人，他是怎么对待人家的？要么很傲然，要么很浮夸，要么忽冷忽热，根本不能平等相待、从一而终。如此这般，还有什么幸福可言？我觉得呀，英雄也应该懂生活，有战天斗地的本事，也应该有温暖生活的能力。

沙悟净这个人，老实有余，本分有过，是个三脚踢不出响屁的卖苦力的。他给人的印象，就是个挑夫。形象长得也不佳，人也木讷，少言寡语，成天鞍前马后转，没有一点歪心眼。他的优点就是老实，他的缺点就是太老实；他的优点就是没有二心，他的缺点就是缺乏突破保守的能力和勇气；他的优点就是不折腾，他的缺点就是缺少浪漫的色彩和情调。谁和他在一起，郁闷！除了日出而作，日落而息，还能有什么乐趣可言？人活着不光是为了吃口饭呀，要活得有诗意一点，有色彩一点，有情趣一点，才味道足一些。如果男女在一起，死气沉沉，机械重复，为活着而劳作，为劳作而活着，还有什么意思呀！

猪悟能这个人，本事有一些，幽默感有一些，讨女人欢心的具体行动也有一些，是个能干事能惹事能损事也能成事的男人。他的情感很丰富，喜欢上了谁，能付诸行动。为了得到心上人，卖苦力讨好也行，低声下气也行，受人侮辱打骂也行，反正结果只要一条，那就是得到。他的敢作敢为很透明，不掩饰自己的内心世界，让异性容易判断和取舍。当然，老猪还有两个明显的缺点。一个嘛，他有些懒惰，没有一个厉害的人管束和调教着他，他会好吃懒做，坐吃山空的；另一个嘛，他稍稍有点花心哦，是个不守忠的货色。如果他能克服这两个毛病，还是个挺不错的男人呐。

四个人，比来比去，女孩子们还是大都挑了猪八戒。唐僧固执虚伪，悟空放肆高傲，沙僧老实机械，唯猪八戒活得有滋有味，更加人性化一些。换种说法，八戒的胜出，不是因为出色，而是由于活得温馨。

179

说 舍 得

易建来

《吕氏春秋》里有这样一句哲言："不去小利，则大利不得；不去小忠，则大忠不全。"可见，要想获得，就必须学会舍得。

陶渊明是魏晋时期一位伟大的诗人，以写田园诗闻名。他不喜欢做官，但由于生活所迫，多次出入官场，先后出任江州祭酒、镇军、参军、建威参军等小官职，四十一岁任彭泽令，但他只做了不到三个月就放弃了，开始了他的隐居生活。虽然生活贫困，可乡野的自由使他获得了心灵的释放，在此期间，他创作了大量的田园诗，为后人留下了宝贵的文化财富。

在现实生活中，我认为最愚蠢的行为就是太执着于自己得到的东西，把自己的东西捏着不放，不愿意放弃。说一个很幼稚的话题，小时候，孩子们经常在一起玩耍，当你拥有三个香蕉时，拿出其中两个与伙伴们分享，表面上你失去了两个香蕉，但实际上你所获得的价值远远高于这两个香蕉。你获得了两个人的友谊，你获得了别人对你的好印象。如果别人有好吃的，也会不忘记与你分享，你会获得好多种不同滋味的享受，既有物质上的也有精神上的，也会从中获得孩子们之间最纯真的快乐。可是一旦你独自享用了，你反而会失去更多。

还有这样一则寓言故事，印度的热带丛林里，人们用一种奇特的狩猎方法捕捉猴子：在地上安装一个小木盒子，把猴子爱吃的坚果装在里面。木盒子上开有一个小口，刚好够猴子把爪子伸进去，但是抓住坚果后的猴爪就抽不出来了。人们之所以能够用这种方法捕到猴子，是因为猴子有一种顽性，那就是不肯放下已经到手的东西。这则寓言故事告诉我们：不学会舍得已经不是没有获得的问题了，严重的可能会危及到自己的生命。

俗话说：放长线，钓大鱼。失去了一缕阳光，你将会得到无限光明。因此，舍得即为获得。我们不能鼠目寸光，应该往长远一点想，不能让目前的所获所得，成为我们继续前进的一道障碍。

（指导教师：王代福　双庆贵）

浅谈"乌鸦精神"

张雨春

有这么一则寓言，一只乌鸦羡慕能俯冲山崖获取猎物的老鹰，于是便每日刻苦练习老鹰俯冲的姿势，直到自己觉得动作已很到位了，便开始进行俯冲抓羊。可它身子轻，爪子竟被羊毛缠住以致被牧羊人抓住。"这是一只忘了自己是什么的鸟。"也许，我们会有和牧羊人一样的想法。在大多数人眼里，它显然愚蠢之至，缺乏自知之明。"可它不是也很可爱吗？"牧羊人的孩子却这样看它。

也许，孩子的眼睛更能发现美。在我看来，它也的确是一只可爱的乌鸦，至少它敢尝试。它是一只不安于现状、不固守习惯的乌鸦，一只敢于创新、勇于尝试的乌鸦。现实生活中，人们常常因为墨守成规而失去或错过很多东西，单就这一点而言，乌鸦的这种行为难道就没有值得肯定的地方吗？

所以，不要以成败论英雄。相反，我们需要看到的是这样一种"乌鸦精神"。简单来说，就是一种勇于挑战、大胆尝试、敢为人先的精神。

曾有西施天生丽质，禀赋绝伦，其蹙眉抚胸之病态，亦为邻家丑女所效仿，故有了被传为千古笑谈的"东施效颦"。其实，在今天看来，这未免有些不公。东施此举失败固然是因为她没找准定位，但其行为亦有值得欣赏之处，那便是她对美的向往，对美的执着，对美的追求。虽方式欠佳，但这种敢试敢做的精神无疑需要莫大的勇气。这与"乌鸦精神"不免有异曲同工之妙。其实，在这些被人们当做反面教材的笑谈里，同样也隐含了耐人寻味的东西。单就精神而言，东施效颦，又有何不可？

在人们日渐用"实利"来衡量事物价值，而理想与勇气逐渐缺失的年代，"乌鸦精神"愈显可贵。现实中，不管做任何事情，且不看结局，仅是站在起点的那一刻，不就需要这种精神的支撑吗？有时，过多的疑虑，反而会磨掉我们的自信心与斗志。无须怀疑自己的能力，亦不要让"不可能"阻碍我们的尝试。何况，历史上将"不可能"变为现实的大有人在。霍金带着重度残疾的身体，写下《时间简史》，成为物理学科的巨人；"美国小姐"海伦从小失聪，却用双眼感受音乐，跳出了优美的芭蕾。这些，不都是因为他们的勇于尝试吗？而电灯发明者爱迪生、飞机制造者莱特兄弟，还有因瘫痪而用脚创作的作家布朗，这些闻名遐迩的世界伟人们，无不是在用勇气书写奇迹！失败何妨？我想伟人之所以伟大，就在于此吧。

看成败，人生豪迈！毕竟，结果并不是人生的唯一追求，何况多一份挑战，多一份尝试，又何尝不会有意想不到的收获呢？

（指导教师：鲁霞）

有一道风景叫合作

杨 旭

生命中，有一道风景叫合作，那是世界上最美的风景。

——题记

阿晨与阿沫是同桌，他们是班上挨得最近的人，也是班上离得最远的人。

阿晨是班上的数学课代表，他的数学成绩在年级中可是出了名的，什么数学竞赛、奥林匹克竞赛，桂冠非他莫属。但是他的语文成绩却不尽如人意，作文更是次次挂红灯，还经常被老师拿出来当改错范文。

阿沫是班上的语文课代表，也许是受父母的熏陶吧，他对语文保有满腔热情，什么征文大赛、作文评选，各种奖项早已是他的囊中之物。可数学是他的克星，一上数学课，他就犯困，每次考试总是倒数第———一个十足的数学跛脚。

他俩坐在一起，组成了一个静谧的世界，平时不说话，上课时更是互不理睬，大有"你走你的阳关道，我过我的独木桥"之势，久而久之，大家便给他俩取了个绰号"沉（晨）默（沫）冤家"。

一节班会课使他俩的关系出现了转机。"在美国，一场火灾中，许多人难逃一死，只有11个人逃离厄运，其中有一个瞎子和一个跛子……"班主任的故事引起了同学们的疑惑，大家睁大了好奇的双眼，等待老师继续讲下去。"原因很简单，瞎子背着跛子，跛子则充当瞎子的眼睛，为瞎子指明方向，他们默契的合作保住了他们的性命，他们成功地找到出口，逃离火场。"讲台下，阿晨与阿沫惊讶地望着对方。

此后，班上多了一对活跃的身影——阿晨与阿沫。阿晨的作文本上有圈出来的错别字和运用不当的病句，阿沫的练习本上多了更简洁的解题方法。

课间他俩更是互相交流，互相切磋，教室里经常可以看到他们争论问题的身影。阿晨的作文水平在阿沫的悉心指导下步步高升。阿沫的数学成绩在阿晨的循循善诱下有如芝麻开花——节节高。他们为彼此的进步而欢欣愉悦，更重要的是，他们之间不再沉默。

寄居蟹与海葵互利互惠，失去了寄居蟹，海葵就找不到方向。阿晨与阿沫在同一个集体中，共同生活，共同合作，就像寄居蟹与海葵一样，也是一道亮丽的风景。

（指导教师：袁翠娟）